A NOITE
DE **UM**
ILUMINADO

PEDRO MACIEL

A NOITE DE UM ILUMINADO

ROMANCE

ILUMINURAS

Copyrigth © 2016
Pedro Maciel

Copyrigth © desta edição
Editora Iluminuras Ltda.

Capa e projeto gráfico
Eder Cardoso / Iluminuras

Obra da capa:
Homem de visão, de Pedro Maciel, 2016
aço e cabeça de boneco, 50 x 20cm. Foto de Eduardo Eckenfels.

Obra do marcador:
O coração de pedra ou O mito de Sísifo, de Pedro Maciel, 2015
acrílica, madeira, queijeira da fazenda dos meus avôs e pedra da nascente do Rio São Francisco, 36 x 22cm. Foto de Eduardo Eckenfels.

Obra da contracapa:
Estudo para uma escultura de Shakespeare, de Pedro Maciel, 2016
madeira, aço e tijolo, 35 x 12 cm. Foto de Eduardo Eckenfels.

Revisão
Graziela Ribeiro dos Santos / Iluminuras

CIP-BRASIL. CATALOGAÇÃO NA PUBLICAÇÃO
SINDICATO NACIONAL DOS EDITORES DE LIVROS, RJ
M139n

    Maciel, Pedro
      A noite do iluminado / Pedro Maciel. - 1. ed. - São Paulo : Iluminuras, 2016.
    176 p. ; 23 cm.

    ISBN 978-85-7321-543-4

    1. Romance brasileiro. I. Título.

16-37540   CDD: 869.93
                CDU: 821.134.3(81)-3

2016
EDITORA ILUMINURAS LTDA.
Rua Inácio Pereira da Rocha, 389 - 05432-011 - São Paulo - SP - Brasil
Tel./Fax: 11 3031-6161
iluminuras@iluminuras.com.br
www.iluminuras.com.br

ÍNDICE

A NOITE DE **UM ILUMINADO, 7**

POSFÁCIO
MÁQUINA **CELESTE, 169**
Raul Antelo

SOBRE A OBRA **DO AUTOR, 173**

Vagueio a noite inteira em minha visão,
Com passos leves, rápidos, silenciosos, seguindo e parando,
Debruçando-me, de olhos abertos, sobre os olhos fechados dos adormecidos

Walt Whitman

Ser como o rio que deflui
Silencioso dentro da noite.
Não temer as trevas da noite.
Se há estrelas nos céus, refleti-las...

Manuel Bandeira

Não há lugar para a morte; sempre vivos,
os seres retornam todos ao céu, em esferas de luz.

Virgílio

PRÓLOGO

Ontem desenterrei estrelas à luz do dia. Será que estou amanhecendo no meio da noite? Há tempos guardo um dia dentro da noite. Ouço em plena noite os passos dos animais que só se deixam ver à luz do dia. Finjo dormir para não espantá-los.

Busco a estrela da manhã no meio da noite para entender o tempo excedente dos animais. Há dias tento encaixá-los nesta história, mas eles fogem com as minhas infinitas palavras.

> Observo de longe os animais aproximarem-se dos meus ancestrais. Meus personagens fogem com os pássaros para não cair na arapuca armada por meus antepassados. Eu também fujo diariamente dos meus passados, assim como o diabo foge da cruz.
>
> Há dias meus personagens retornam no tempo para me reencontrar. Eu só quero perder tempo para me reencontrar. Eu e meus personagens somos uma só pessoa? Parece-me que eles vão atravessar o tempo primeiro do que eu, já que o Sol está a favor de quem ignora o tempo. Eu nunca consegui olhar o Sol de frente por muito tempo. Será que alguém esqueceu o Sol ligado no tempo? Todo dia o tempo escapa-me, apesar de estar atento ao giro das estrelas e das galáxias. É noite plena, mas está tudo claro.

Na noite do meu pensamento, as estrelas abrem caminhos que jamais imaginei trilhar um dia. *A noite de um iluminado* é um relato sobre a última noite da minha vida. Minha eternidade vai durar a noite inteira? Estou retornando a um espaço anterior ao tempo. Ouço diariamente as estrelas que se perderam no espaço infinito do tempo. Todo dia invento o meu tempo para me localizar.

Antes de existir o espaço existia o tempo. Há noites chove a cântaros no jardim abandonado dos meus antepassados. O que meus antepassados querem de mim? Eles querem viver a eternidade através da minha vida. Será que estou vivenciando o primeiro dia da eternidade? Há séculos habito um tempo e não um espaço. Hoje em dia caço estrelas invisíveis que foram ignoradas por meus ancestrais. Toda a minha vida foi prevista por uma estrela visível. Serão os mortos a luz das estrelas? As estrelas invisíveis vão me levar para o tempo prometido.

ESTRELA **DELTA SAGITTARII**

Quem pode afirmar que não vou renascer com a morte da Estrela Delta Sagittarii? Estrelas morrem diariamente para que nós possamos renascer à luz da lua. Será que a minha estrela-guia ainda está vagando pelos entretempos do outro lado do Universo? A estrela é uma bola de gases, grande o suficiente para produzir fusão termonuclear em seu núcleo e brilhar com luz própria irradiada. Muitas estrelas que avistamos nos céus já se extinguiram há milênios. Elas continuam brilhando, mas o que vemos são apenas reflexos de como elas eram. Estrelas caem num piscar de olhos.

É possível visualizar estrelas que morrem num raio de 100 a 200 anos-luz de distância da Terra. Estrelas renascem todo dia do outro lado do tempo.

Estrelas se agrupam em galáxias; há todo tipo de estrelas, Estrela binária, Estrela matutina, Estrela múltipla, Estrela nuclear, Estrela Polar, Estrela fugaz, Estrela Vésper, Estrela-azul, Estrela de rabo, Estrela Scholz e milhares de estrelas invisíveis. Somos feitos dos mesmos elementos que deram origem às estrelas e aos demais corpos celestes. Às vezes me pergunto quanto tempo tem a estrela que me guia.

O tempo e não a estrela-guia revela a cada um o seu destino? Quando a vida acabar seguirei o rastro da Estrela Delta

Sagittarii para chegar do outro lado do Universo. Nunca sonhei em morrer, mas preciso planejar como amanhecer no meio da noite. Os dias ajuntaram-se para desvendar a minha eterna noite. No meio da noite, quando a minha estrela-guia brilhar, vou atravessar o Universo para chegar do outro lado do tempo?

Agora não é hora de morrer ou de estudar filosofia ou de por o pé na estrada. Não tenho mais tempo para os falsos deuses nem para os heróis inventados pelos antepassados. Só me resta vislumbrar as estrelas invisíveis que brilham para além do céu.

Pode-se ler no rastro de uma estrela toda a história de uma vida.

ESTRELA **CADENTE**

Um dia, meus mapas celestes vão nortear os caminhos dos peregrinos, refugiados e cegos. Tudo que pode ser imaginado existe? Um dia, as estrelas invisíveis que cacei durante toda a vida vão clarear com seus olhos de luz a escuridão dos meus mortos. Meus antepassados esvoaçam em torno da luz que gerou a minha estrela-guia.

Um dia meus antepassados vão chegar ao tempo prometido pelas estrelas que renasceram do outro lado do Universo. Tudo na vida é ilusão, exceto a morte. Um dia, imagino ser quem nunca serei. Quem eu vejo no espelho? Há dias que nada mais faz sentido para mim ou para os meus personagens. Estou me descrevendo nos meus personagens? Meus personagens afirmam que Deus é apenas uma miragem dos loucos e cegos. Quando Deus existia o mundo era mais teatral. Nunca me escondi atrás dos meus personagens. Nunca me deixei representar por ninguém. Deve ser por isso que a tempos sou ninguém e todo mundo.

> Ontem de manhã, fui a uma repartição pública provar que eu não havia morrido. Perdi o dia inteiro falando da minha vida, mas, mesmo assim, nem todos os funcionários se convenceram da minha existência.

Há tempos presencio a minha ausência. A vida é finita, mas a morte é infinita? Meus livros podem ser lidos como um manual de sobrevivência. Será que toda a vida é apenas um enredo de outras vidas?

Não perdi a memória, mas não quero proustinizar a minha vida. Invento a história dos outros para não contar a minha história. Já alertei os meus personagens que não pretendo reconstituir a trágica história dos meus antepassados. A aparição de uma única estrela invisível clareia mais o meu destino do que a aparição de todos os meus antepassados.

Quando nasci, ninguém reparou na morte das estrelas. O que eu fiz da minha vida? Quando, onde, ou em que lugar no tempo morre os recém-nascidos e os além velhos? Não sou novo nem velho, mas, há dias em que tenho a sensação de que o meu tempo já é.

ESTRELA **BINÁRIA**

É noite há dias. A qualquer hora vou amanhecer no meio da noite. O tempo é um templo de sombras e sóis. Penso que estou lá onde é quando, mas estou é quando nem é onde. Onde estou ou deveria estar?

Há dias habito um espaço sem tempo. Será que um dia voltarei a vislumbrar as manhãs dos dias de ontem? Só me resta essa noite e suas amaldiçoadas estrelas, penso comigo. É melhor não pensar muito, por enquanto. Às vezes o mundo me parece não ser o meu mundo.

O mundo é longe e perto de onde nasci. Hoje em dia sou a noite e mais nada. Há dias em que nada quero, nada penso e nada sinto. Um dia, vou escrever o *Livro do nada*. Há dias ele anota os ditos e desditos de Dante, as falas dos personagens que sofrem de insônias, os sonhos das crianças e dos loucos irrecuperáveis.

Não escrevo *A noite de um iluminado* para divulgar os pensamentos dos meus personagens, mas para expressar os sonhos dos meus antepassados. Quem está narrando: sou eu, os personagens ou meus antepassados? Desde quando sou o Sol e a sombra dos meus personagens e antepassados?

Teria sido melhor que não houvesse sonhos, pensa ele, logo ao despertar. As estrelas invisíveis continuam visíveis do outro lado do Universo. As pessoas só creem nas coisas que podem ver. Há dias em que fecho os olhos para ver melhor. Basta girar os olhos em silêncio e logo as estrelas se movem para evitar a minha fuga em direção à última galáxia que se formou no sistema extrassolar.

Há dias estou presenciando uma grande tempestade solar. Acho que estas tempestades ocorrem o tempo todo no espaço extrassolar. É dia há noites.

ESTRELA **CIRCUMPOLAR**

A noite de um iluminado é um livro de ficção baseado nos mapas celestes e nos cadernos de memórias dos meus antepassados. Tudo é ficção ou memória. Não me resta muito tempo para inventar as minhas memórias. Desde menino que desconfio das lembranças dos memorialistas. Tragédias homéricas acontecem quase todos os dias, mas, hoje em dia, são esquecidas no dia seguinte. Meus personagens são imaginários, mas a história que narro é verídica.

Há tempos venho me disfarçando de meus personagens para me parecer outro alguém. Eu sempre quis ser outro alguém. Hoje em dia sei que não sou Shakespeare. Meus personagens também sabem que não são Macbeth ou Hamlet. Aprendi com os meus personagens lições de astrofísica, de biologia e de arqueologia. Eles aprenderam comigo lições de como sonhar acordado, apesar de que eles vivem a realidade sem a necessidade de sonhar. O sonho não é outra coisa senão um complexo enredo de realidades.

> Só as realidades nos pertencem. O resto é sonho ou imaginação. Dos dias, guardo as horas do crepúsculo, esse tempo que já foi aurora. Todos os dias vividos estão transcorrendo nessa minha última noite. É noite, mas está tudo muito claro.

Eu sou a noite e suas estrelas que caem num piscar de tempo. Não me resta tempo para alcançar a eternidade? A eternidade não compensa, penso comigo.

Meus personagens não se preocupam com a eternidade nem com a passagem recente do tempo. Eles são muito explícitos e, por isso, são entendidos mesmo quando atuam em filmes do cinema mudo. Acho que meus personagens escrevem diários por que são antirrealistas. Eu já sou antirrealista, me diz alguém em meus sonhos. Esta fala é minha, ou é de um dos meus muitos personagens? Meus personagens falam pouco, mas dizem muito.

Às vezes desconfio que eu e meus personagens somos a mesma pessoa. Será que um dia os meus personagens vão ser desmascarados?

ESTRELA **COMPANHEIRA**

Agora estou longe de onde nasci. Este lugar é o meu país? Às vezes a memória alucina o meu pensamento. Hoje em dia importa como se conta uma história e não mais a história em si?

Há contos que são aparentemente hipermodernistas. A modernidade, termo redescoberto por Voltaire, é muita antiga, me diz um dos meus personagens que não gosta de sonhar. Há dias tenho a sensação de que meus personagens andam filmando meus sonhos. Eles sabem que os sonhos são reveladores. Passei anos e mais anos sonhando e agora não sei o que fazer das minhas realidades.

Temo me despertar e descobrir que estou morrendo ou que já estou morto como os meus antepassados. Não entendo a vontade dos meus antepassados em viver por toda a eternidade, se eles nunca sonharam com o futuro. Enquanto eu sonhava, a vida esvaiu-se pelo vão dos meus entretempos. Eu sei que ainda não estou morto. Amanhã vou me despertar antes das primeiras luzes da aurora.

Estou em outro tempo? Anoiteço diariamente. Sou o tempo imaginário dos meus diários. Será que a minha noite é apenas uma invenção das minhas memórias? Há séculos anoiteço diariamente?

Há dias descobri que sou os dias de ontem e os dias de manhã, o paraíso perdido e o tempo reencontrado, a pedra de Sísifo e o rio de Heráclito. *Conhece-te a ti mesmo*, me diz alguém que desconheço. Eu me conheço por que conheço o meu começo e o meu fim. O meu fim é o meu começo, me diz um dos meus personagens que não sofre sonhos.

> Há dias em que me olho no espelho só para confirmar que eu e meus personagens somos uma só pessoa. Segundo os meus personagens, *A noite de um iluminando* é a história de um anti-herói que pensou em matar-se, jogando-se do último andar do prédio dos pais, mas não teve coragem de mergulhar no vazio.
>
> Pode-se dizer que ele quase se encheu do vazio deixado pelos outros. Hoje em dia ele diz que aprendeu tudo sobre a solidão com os outros. A solidão é uma terra de ninguém e um tempo de todos? Eu nunca sofri solidão.

ESTRELA **MOTHALLAH**

Há tantos dias nessa noite. Toda noite lembro que sou o tempo que vivo diariamente. Sou a noite atravessando o sonho? O sonho é uma história de ficção? O ideal é cair o mais rápido possível na real. Há noites venho sonhando sonhos que meus personagens nem meus antepassados pensaram um dia sonhar. O sonho é sempre um pensamento que se esquece de pensar. Sonhei e era melhor não ter sonhado. Sonhei os dias anteriores ao tempo, esse espaço imaginário da memória. Talvez já tenha transmigrado para outro tempo do espaço. Quem me avisará da minha morte?

Há dias em que perco muito tempo provando a minha humanidade. Muitos pensam que eu sou apenas mais um personagem reencenando a tragédia diária. Os gregos afirmam que os deuses inventaram a tragédia para que os homens tivessem algo para contar às próximas gerações. O que ocorre hoje já transcorreu ontem. Amanhã, caso consiga atravessar essa noite, vou imaginar os dias de ontem que não foram vividos.

Vivo num tempo em que todos, à maneira dos atores, representam algo que não são realmente. O meu tempo é um simulacro das realidades de outros tempos. Desde menino que sonho acordado. Meu tempo é testemunha que sou um personagem real. Não existe nada além da realidade? Tudo é sonho ou ilusão.

Há dias em que me encontro num estado semelhante a dos meus personagens. Espero não perder tempo aqui, parado, esperando a eternidade. Não suportaria viver além do meu tempo.

Meu destino foi determinado pelas estrelas invisíveis e não por meus personagens ou por meus antepassados. Desde menino sei quem eu sou, mas os meus personagens não sabem quem são realmente. Criei meus personagens para que cada um vivesse sua própria vida e não a minha vida ou a vida de outro. Às vezes eles dirigem o olhar para mim como se não me conhecessem. Um dia, em plena luz do sol, vou desmascarar os meus personagens.

ESTRELA **TABIT**

Meus personagens conhecem todos os meus segredos. Deve ser por isso que ando fugindo deles. Não me interesso mais em compartilhar os meus sonhos ou abismos com quem quer que seja.

Quem quer viver o meu passado? Meus personagens são uma espécie de trilha que me leva às minhas lonjuras. Não sei o que mais fazer para me aproximar do meu tempo. Os homens do meu tempo vivem do passado, enquanto eu já transcorro outro tempo. Está tudo claro, mas é noite. Há dias incorporei essa noite e suas cruéis estrelas.

A noite surgiu muito antes da inauguração do tempo. O Sol apareceu muito tempo após as aparições das nuvens, me diz um dos meus personagens que não gosta de tomar sol. Meus personagens sempre desaparecem no meio da noite, esse espaço de tempo em que o Sol está abaixo do horizonte. Um dia, o Sol vai atravessar a minha noite.

Será que devo passar essa noite em claro? Essa não é a primeira noite da minha eternidade. Preciso esquecer da eternidade para rever o tempo presente. Fujo dos meus dias não vividos para tentar atravessar essa noite.

Só me resta esta noite? Há dias em que o meu tempo só anoitece. Eu só quero esclarecer a trama que se passa nesta infinita noite. Ontem comecei a mapear estrelas e galáxias de outro tempo para tentar localizar os meus antepassados. Acho que eles se perderam no tempo. Para mim, o tempo é um instante de fuga da noite.

Sou um fabulador da noite. Ouço pássaros noturnos e estrelas apagadas há milênios. Há tempos gravo a música das estrelas para deixar aos meus personagens e a quem mais nascer após a minha morte. Meus personagens dormem enquanto as estrelas despertam nos confins dos céus. Em noites escuras, ouço nitidamente as estrelas que atravessaram o tempo para habitar do outro lado do Universo. Às vezes tenho a sensação de que as estrelas estão em êxtase.

ESTRELA-**AZUL**

Há anos-luz encontrei com seres transparentes e luminosos querendo retornar para a Terra. Ainda hoje não sei se eram espectros do outro lado do tempo ou se eram meus antepassados que perderam a consciência da passagem das horas. Meus antepassados nunca me ensinaram nada sobre a história do presente ou do futuro. Não há uma só noite que não seja feita de infinitos dias. Só me resta esta noite? Eu me pergunto se estou morrendo ou se tudo não passa de um sonho.

Todo dia morremos um pouco com a morte dos nossos contemporâneos. Só a vontade de viver é que me faz continuar por aqui. A vida é apenas uma transição entre este tempo e outros que não fomos capazes de sonhar ou imaginar. Você conhece alguém que morreu e voltou do além?

Meus personagens estão cientes que vou morrer a qualquer momento. Todo dia olho para mim através dos olhos dos meus personagens. Eles me olham, mas não me enxergam. Será que o tempo já me transcendeu e me tornei uma estrela invisível para além do céu? Para mim, tanto faz como tanto fez estar aqui ou estar lá com os meus mortos. Meus mortos nunca tentaram viver a minha vida.

Meus personagens vão sobreviver a mim? A existência deles vai contemplar a minha ausência, penso comigo. Acho que não compensa viver por toda eternidade, esse tempo inventado pelos metafísicos. Só me resta essa noite e nem mais uma manhã?

Meus personagens sempre dizem que amanhã será outro dia. Eu e os meus leitores sabemos que amanhã é apenas o dia seguinte ao dia de ontem. Pode-se dizer também que amanhã é a continuação diária de um tempo que começou muito antes dos dias de ontem.

Será que voltarei a sonhar após essa noite? Às vezes tenho a sensação de que os sonhos me levam além do meu tempo, em vez de revelar as minhas realidades. Eu já nasci desiludido. Todos os sonhos são imaginários, uma espécie de ruptura do tempo real. Não estaria enganando a si mesmo o sonhador? Desde menino que vivo fora da realidade. Isto não quer dizer que sou um sonhador.

Para mim, a vida nunca foi um sonho e também não pode vir a ser um sonho, já que só me resta esta vasta e infinita noite. Há séculos sou a noite que corre na margem do tempo dos meus antepassados.

ESTRELA **X**

Um dia, à luz das estrelas invisíveis, o tempo vai abrir trilhas para os recém-nascidos e cegos. As estrelas são os olhos dos mortos?

Amanhã, quando as estrelas retornarem para o outro lado do Universo, meus olhos vão iluminar os céus da Terra. Estou atravessando o tempo para além de todos os tempos. Não há um único dia em que não tenha avançado o tempo dessa noite que ora me transcorre. Nunca corro do meu tempo presente.

> Meus personagens modificariam o meu passado, caso tivessem condições de retornar no tempo? Eu já me chamei Ulisses, mas ninguém sonha ou lembra muito bem dos meus passados. Será que alguém ainda se lembra de Troia e de seus heróis?
>
> Um dia vou fugir de Ítaca para morar no alto-mar, esse templo indecifrável de outro tempo. Há no mar um azul que não seja do céu? E há no céu um azul que não seja do mar?

Um dia vou fotografar os meus mortos para provar que eles continuam vivos nos céus de outros mares. Eles forjaram um tempo e um céu e, hoje em dia, habitam os espaços de ontem e de agora?

Meus mortos não perdem tempo esperando os dias de amanhã. Morrerei após esta noite? Podia ter tido outro destino. Agora é tarde para retornar no tempo e imaginar outra vida. Muitas estrelas morreram quando eu nasci.

Será que essas estrelas vão renascer quando eu morrer? Cada estrela é um reflexo de outra estrela. Meus mortos eram caçadores de estrelas. O que querem meus mortos? Viver a minha vida. Ontem ouvi os meus mortos discutindo sobre a imortalidade. Após a minha morte, nada mais me interessa.

ESTRELA **DUPLA**

Tenho razão quando perco a cabeça? Perco a cabeça quando não penso. Às vezes só perco um pouco mais de tempo. Outras vezes perco o horizonte e o senso comum. Perco-me também em ruas sem saída. Gosto de circular em rua de mão dupla ou em praças circulares, como as praças dos tempos medievais.

Perco o rumo nestes pontos de encontro. Agora mesmo não sei qual caminho traçar de memória. Deixo para as traças do tempo estes mal traçados caminhos. Às vezes lanço um olhar iluminado aos meus personagens para que eles não se percam na escuridão desta noite.

> Eles sabem que só me resta essa luminosa e, ao mesmo tempo, sombria noite. Há dias em que meus mortos gostam de aparecer na última luz do crepúsculo. Acho que eles querem retornar para a Terra através da luz das estrelas invisíveis que ilumina os céus daqueles que ainda vão nascer.
>
> Meus personagens estão muito desanimados com a minha morte. Eles sabem que, após a minha morte, vão viver realmente outra vida. Meus personagens conhecem mais a minha vida do que a dos meus antepassados. É verdade também que não corro atrás do meu futuro, já que só me resta esta noite e suas esquecidas estrelas. O que pode ser mais memorável do que o tempo e seus entretempos?

Todo dia desperto para escrever a história da noite. Não é a história das *Mil e uma noites*, mas a história das sete noites. As estrelas se constelaram para iluminar esta noite. Eu sou de muito antes do tempo. As estrelas me olham de perto, enquanto o tempo vai pra longe de mim. Por que não anoiteço depois do tempo, como anoitecem os homens do meu tempo?

ESTRELA **FUGAZ**

Será que os meus personagens estão convivendo com os fantasmas dos meus antepassados? Sempre evitei meus antepassados porque estou de olho no futuro. Prefiro ouvir a música das estrelas a conversar com os fantasmas que ignoram o meu tempo. Não sei se devo continuar a narrar esses capítulos inexistentes da história. Talvez uma fotografia possa revelar mais nitidamente o que venho presenciando nesta vasta noite.

A foto é uma grafia de nossas ausências. Presencio-me em um tempo que ainda vai transcorrer no Universo. Será que estou transcendendo o meu tempo ou apenas narrando os meus sonhos? Minha noite se ilumina, apesar das estrelas apagadas. A noite que corre no meio do tempo é uma invenção do pôr do sol ou do narrador?

> Meus personagens sempre preferem a farsa, em vez do drama. Eu também não gosto de drama. Mas eu não sou ator ou hipócrita como os meus personagens que representam algo que não são realmente. Aliás, não sou louco para me deixar representar por quem quer que seja. Raramente o louco se reconhece no outro, penso comigo.
>
> Será que estou perdendo a razão ao dar ouvidos aos meus personagens? Como é fácil enlouquecer nos tempos atuais. Um dia,

todos vão me dar razão. *Conhece-te a ti mesmo*, me diz um dos meus personagens que não me reconhece. Quem conhece a si mesmo não suporta a existência.

Eu só quero esclarecer esta prolongada e vasta noite. Será que morri antes dessa noite? Nasci em Sete Lagoas, terra que descortina o sertão de Minas Gerais. Recordo dos sertanejos que traziam o mundo dentro si mesmo. Recordo também que vivia fora do mundo, já que acreditava ser imortal, como os meus personagens.

Agora estou aqui, morto e prestes a ser enterrado com os meus mortos. O que meus mortos vão pensar? Na verdade, lembro de já ter sido esse morto em outros tempos. Pitágoras tem razão quando afirma que o tempo é circular. Eu sempre soube que nada acontece pela primeira vez.

O que corre hoje já transcorreu em outro momento. Eu só tenho medo dos dias de amanhã. Não consigo sonhar ou adivinhar o futuro. Também não volto no tempo para reinventar o meu passado. Somos o tempo que perdemos, ensinam os meus antecedentes gregos.

ESTRELA **DENEB**

Será que meus antepassados não se conformam com a lentidão dos tempos? Acho que eles não cultivam uma opinião pessoal sobre nada dessa vida. Quem tem opinião sobre tudo é filósofo, poeta ou louco, diz um dos meus personagens.

Meus personagens insistem em levar uma vida romântica, apesar de vivermos num tempo da pós-modernidade. Pode-se dizer que românticos são reacionários. Hoje em dia, os românticos são tratados por especialistas cardiovasculares e não mais por psicanalistas. Uns e outros morrem de tanta saudade, esse tempo excedente dos portugueses. A saudade nos inferniza no paraíso, diz o meu personagem que pensa ser Fausto.

Eu não sou Fausto nem sou o que os meus antepassados sonharam para mim. Meus antepassados não sobreviveram ao tempo porque viviam enganando-se uns aos outros. Meus antepassados pensavam que teriam uma vida pós-morte, mas eles ignoraram as lembranças e as estrelas invisíveis. Não há como viver além da linha do horizonte em meio às deslembranças e ao voo cego dos astros.

Será que meus antepassados tiveram tempo para traçar o meu destino? Sou o tempo perdido dos meus personagens e não dos meus antepassados.

Meus personagens vão ser desmascarados quando eu não mais estiver por aqui? Todo personagem esconde-se atrás de uma máscara. O futuro, os dias de amanhã ou a eternidade, como preferir chamar, é o meu acaso. Não sei por que ainda insisto em mencionar o nome dos meus antecedentes. Meus antepassados pensavam que eram deuses ou estavam possuídos pelos deuses. Hoje em dia sei que eles não passavam de pobres diabos.

ESTRELA **PROPUS**

"Não se esqueçam de mim". É o que penso dizer aos meus personagens antes de virar pó de estrela. Após a minha transmigração, tudo o que já ocorrera não ocorrerá mais e novos tempos vão transcorrer para quem nascer depois de mim. Pergunto-me que dias vividos não serão esquecidos pelos meus personagens, após esta imprecisa e prolongada noite.

Confesso-lhes que não sou os meus personagens e, por isso, provavelmente serei esquecido por todos. Não vou aguardar a próxima manhã para me iludir novamente. Não quero redescobrir quem eu poderia ter sido e não fui.

Não tenho tempo, já que só me resta esta noite. Há dias estou ciente da minha mortalidade. Será que os outros sabem que também são mortais? Tenho a sensação de que a minha morte vai propiciar ao céu o nascimento de muitas estrelas. Deve ser por isso que as minhas noites parecem mais escuras do que o normal. Vou atravessar esta noite para mover o Sol e outros astros. Eu sou o Sol de uma constelação perdida nos céus dos meus antepassados.

Meus personagens sempre duvidaram das minhas certezas. Eles sabem que a dúvida humaniza o homem. Hoje em dia, me sinto mais desumano do que humano. Tenho absoluta certeza disto, mas não revelo a ninguém a minha desumanidade.

Tornei-me mais desumano ao descobrir que o caos do cosmo foi forjado pelos meus antepassados. Nossos ancestrais nunca sonharam com o nosso futuro. Agora é tarde e, portanto, só nos resta libertar as estrelas encarceradas do Universo.

Há séculos projetamos os desvios dos rios e as inaugurações dos desertos. Aterramos as nascentes. Acho que do outro lado do tempo não se pode desviar rios ou cultivar jardins.

Ainda lembro dos dias em que nadava nas águas profundas do rio que cortava a minha cidade. Meus mortos gostavam de nadar no Rio das Velhas com as meninas nuas. Será que meus antepassados pararam na curva do tempo porque eram incapazes de ouvir a música das estrelas? Meus antepassados querem viver o meu futuro como se o tempo não tivesse passado para eles.

ESTRELA **VEGA**

Meus personagens sabem que os meus infortúnios não são invenções da memória ou da imaginação. Acho que escrevo porque sofri humilhações, desgraças e desventuras. Talvez, por isso, não perco mais tempo recordando o passado. Todo esse tempo que já vai longe de mim só diz respeito aos meus personagens. Hoje em dia só lembro das coisas que ainda vão ocorrer ao meu redor.

Para mim, o tempo não é cíclico. Portanto, não terei mais que reviver a minha tragédia. Há tempos deixei o meu passado nas mãos dos meus personagens. Às vezes eles têm a sensação de que os meus mortos continuam vivos. Será que os meus mortos vão ajudar os meus personagens a revelar o meu mundo? Às vezes tenho a impressão de que eu e meus personagens não somos a mesma pessoa, já que não temos lembranças em comum.

Sei que a função dos meus personagens não é a de descobrir a minha vida, mas a de enredarem-se nas tramas das minhas histórias. Minhas histórias são sempre uma sátira das histórias trágicas. Às vezes tenho a impressão de que sou historiador e não romancista. Tudo já foi historiado e romanceado?

> Eu sempre me sinto como se fosse um estrangeiro quando narro aventuras dos meus antepassados. Deve ser por isso que nunca mais voltei à minha cidade.

Meus personagens nem sempre se lembram por mim. Um dia desses, vou com os meus personagens visitar a cidade em que nasci. Será que os amigos de infância pensam que eu já morri? Será que eles vão se assustar ao descobrir que eu ainda não aprendi a morrer?

Penso que a morte é uma das possibilidades de se viver outra vida. Uma vida não é vivida para ser esquecida. O que são as vidas que não foram imaginadas ou sonhadas?

Acho que inventei os meus personagens para renascer em outro tempo, mas prefiro continuar sendo eu mesmo no outro lado do Universo. Mas não quero pensar na morte ou na imortalidade nesta última noite em que me transcendo. Amanhã, quando não mais estiver por aqui, será um novo dia para os meus personagens.

ESTRELA **CANOPUS**

A luz do meu tempo está prestes a se apagar. Acho que só escrevo sobre o futuro. Eu e meus personagens preferimos viver até o último instante do tempo-presente.

Para os meus personagens, só existe este tempo que está passando agora. Agora estou sem tempo para os meus personagens. Eles acham que os tempos de antes e depois são apenas imaginações da minha cabeça. Deve ser por isso que, às vezes, eles entoam o silêncio por horas e mais horas.

Eu só canto verdades. Isso não é verdade, me diz um dos meus personagens que costuma cultivar o silêncio dos budistas. Por que ele resolveu quebrar o silêncio? Provavelmente ele está falando pelos cotovelos, já que começou a vislumbrar algo no horizonte que está dando esperanças. Ele ainda espera por alguém?

Eu já nasci desesperançado e, por isso, não guardo silêncios milenares nem recentes. Não há som que não seja grávido de silêncio, diz um músico que foi ficando surdo com o passar do tempo. Confesso-lhes que quanto mais o tempo passa, mais ouço as estrelas e as galáxias.

A qualquer momento termino de mapear as estrelas antigas que os povos modernos esqueceram de rastrear. Às vezes tenho a sensação de que algumas estrelas invisíveis se movimentam no espaço vazio do tempo dos meus antepassados.

Provavelmente as estrelas são de outro tempo. Eu já nasci acreditando nas coisas invisíveis. Será que as estrelas continuam nos observando quando fechamos os olhos pra dormir? Há séculos não durmo. Só me resta esta precisa e vasta noite? Não vou me apressar para amanhecer do outro lado do tempo.

ESTRELA **51 PEGASI**

Há dias em que não tenho nada a revelar aos meus personagens ou aos meus leitores. O que os outros sabem da minha vida? Meus personagens sempre aceitam o meu silêncio milenar. Eles sabem que podem desaparecer no meio da história, caso os abandone. Tenho a impressão que meus personagens não suportam o silêncio das estrelas invisíveis. Há dias ouço o silêncio dos meus mortos e das estrelas cadentes. Um dia vou atravessar os abismos dos céus para reencontrar os meus mortos.

> Há tempos converso com os meus mortos. Pensei em chamar este livro de *Diálogo dos mortos*, mas os meus personagens não gostaram do título. Eles acham que os leitores podem confundi-los com os mortos.
>
> O que os leitores podem pensar? Perguntou-me um personagem que eu pensei já estivesse morto. Não me importo com o que os outros vão pensar de mim ou dos meus personagens ou dos meus mortos. Será que este ruído que ouço quando fecho os olhos é dos meus mortos?

Às vezes os meus mortos falam comigo como se ainda estivessem vivos. Hoje em dia são tantos os meus mortos que nem mais sei o nome de todos. Ontem me deu uma vontade de matar os meus mortos, já que eles não conseguem manter o silêncio na hora do nascimento das estrelas.

Eles acham que as estrelas vão tomar o lugar deles na minha memória ou na minha imaginação.

É verdade que os meus mortos vivem do outro lado do tempo?, pergunta-me um dos meus personagens. Respondi que não sei, já que continuo vivo. Continuo vivo, apesar de que todos pensam que já morri.

ESTRELA **VARIÁVEL**

Para os meus personagens, a existência é um tempo imaginário da minha memória. Eles sabem que existem por causa da minha inexistência. Eu sou um morto vivo? Hoje em dia tenho a sensação de que a minha passagem pela Terra não será em vão. Mas podemos morrer e continuar vivos em algum lugar do Universo?

Será que nesta impiedosa noite, os meus personagens vão presenciar a minha ausência? Eu me sinto vivo porque sou o presente. Já meus personagens são de um passado remoto ou de um futuro recente. Para mim, o tempo não passa, como se eu fosse de outro mundo. Será que após a minha morte, o Sol vai clarear esta noite? Só me resta esta eterna noite. Continuo vivo, continuo vivo, grito para que todos os meus personagens ouçam e não tentem viver a minha vida. Não tentem viver a minha vida. Às vezes tenho a impressão de que os meus personagens são tão imortais como as estrelas que desaparecem nas primeiras horas da manhã.

Amanhã é outro dia, me diz um dos meus personagens que parece ter surgido dos dias de ontem. Para os meus personagens, o tempo é cíclico. Na verdade, o tempo é linear e já vai longe de mim. A memória nos engana com as suas lembranças inventadas por nossos sonhos ou por nossos devaneios. Para mim, ontem já era havia muito tempo. É melhor deixar o tempo pra lá com seus ventos e entretempos. Eu vou partir daqui a pouco e, por isso, não quero mais perder tempo discutindo sobre a eternidade. Só me resta esta noite e suas malditas estrelas.

Vislumbro estrelas e galáxias que ainda não nasceram. Um dia, vou descobrir por que nasci antes de as estrelas surgirem na amplidão dos céus. Habito o tempo antes das estrelas. As estrelas não pensam em nada, mas eu penso muito em não morrer como uma estrela cadente. Não penso em morrer, penso comigo.

Será que após a minha morte, haverá um lugar onde eu possa renascer? Olho pela última vez no espelho para espreitar quem eu me vejo. Quem eu vejo no espelho? Continuo vivo. Continuo vivo. Afinal, estou a sós. Apenas os mortos vivem para sempre na companhia das estrelas e galáxias.

ESTRELA **MÚLTIPLA**

Este livro é um relato sobre a última noite da minha vida. Todos já sabem que vou morrer. Vou morrer, como todo mundo. Sei que a minha vida não faz mais sentido, mas não sou Sócrates para tomar veneno. Não vou antecipar a minha morte nem por um milésimo de tempo.

Perdi a esperança de amanhecer e continuar a ser eu mesmo. Perdi a esperança quando era menino. Meus personagens acham que o meu espírito não morrerá com o corpo. O espírito permanece no tempo e não no espaço, esclareço aos meus personagens. Não quero lembrar quem fui um dia nem reviver o meu tempo em outro lugar do Universo.

> Antes de transmigrar para o outro lado do tempo, vou mapear as estrelas que morreram antes do meu nascimento. Será que hoje em dia a morte de um homem faz com que uma estrela renasça? Cada um de nós é, de certa maneira, uma estrela que morre e renasce toda noite. Quando reparo na morte de uma estrela, renasço no outro dia, antes mesmo de acordar.

Não gosto de lembrar a morte do meu pai para não me lembrar do meu trágico destino. Teriam meus antepassados traçado o meu destino há séculos? Deve ser por isso que nunca mais voltei à Grécia, terra dos meus ancestrais.

Quantos entes queridos e odiados vivem em mim? Não me interessa mais a minha história ou a história dos meus parentes, já que só me resta esta vasta e infinita noite.

Antes de morrer, vou desenhar novos mapas celestes. Há noites que descobri novas galáxias. Será que vislumbrei essas galáxias através dos sonhos? O sonho é um sentimento oriental, enquanto a realidade é um pensamento ocidental. Eu sempre anoto os sonhos em meus diários para não confundir as realidades com os devaneios.

Há pessoas que vivem sonhando e não se dão conta da realidade. Confesso-lhes que vivi por muito tempo fora da realidade, mas, agora, tenho a mais pura sensação de que a vida é sonho. Não quero morrer, mesmo sabendo que a morte esclarece o sentido da vida. Prefiro continuar na escuridão da Terra caçando as estrelas invisíveis que foram ignoradas por astrônomos e astrólogos. Meu destino seria apagado, sem a luz das estrelas.

ESTRELA **NUCLEAR**

Meus personagens podem viver sem espaço, mas não fora do tempo. Para eles, o tempo é o Universo. Os personagens sabem que eu sou do meu tempo desde a mais tenra idade. Aliás, o meu tempo passa mais rápido à noite, talvez por que quase não durmo. Não durmo. Há dias, dependendo da velocidade do vento norte, o tempo não passa para os meus personagens. Será que eles pararam no tempo? Deve ser por isso que tenho a sensação de que meus personagens são os mesmos de sempre. Eles estão sempre enredados nas tramas que tecem a morte, o amor e o tempo.

Meus personagens pensam viver a eternidade, esse tempo presente que provém dos infinitos do passado e dos confins do futuro. Eu nunca quis viver por toda a eternidade. Creio que vou desaparecer no primeiro instante após a minha transmigração. Devo amanhecer em plena noite.

Meus personagens não sabem muito bem o que é o tempo, mas sabem o que é esta noite que está fluindo lentamente com suas estrelas que constelaram o meu destino. Acho que o meu destino foi traçado há séculos por um parente astrólogo. Para mim, a astrologia não tem nenhuma lógica.

Meus personagens acreditam em astrologia, mas eles estão cientes de que foi eu quem inventou o destino deles. Há dias em que eles sonham com um mundo que jamais imaginei para eles. Será que eles estão delirando? Eu sinto tudo por eles, mas eles pensam quase tudo por mim. Não sei o que serão deles após a minha partida. Já deixei claro para eles que não pretendo retornar para viver a vida que já era.

Por que reviver um tempo que já não mais me pertence? Para os meus personagens, o tempo não existe. Outro dia passei horas e mais horas explicando a eles o que diz Newton sobre a passagem do tempo no Universo.

Meu tempo anda mais lentamente nesta prolongada noite? Premedito outro tempo em outro espaço do Universo. Acho que a minha existência vai crepuscular nesta vasta e infinita noite.

ESTRELA **POLAR**

A história do meu tempo não me sai da memória. *A noite de um iluminado* é um relato verídico, apesar de alguns personagens e cenas terem sido imaginados. Meus leitores sabem que não sou um visionário. Tudo o que vejo ou prevejo foi muito bem pensado.

Não sou adivinho ou astrólogo, mas astrofísico. Meus personagens sabem que desde menino caço estrelas do outro lado do Universo. Mas nem por isso sou Dante que, à noite, ao percorrer o Inferno, avistou todas as estrelas do hemisférico sul. Não preciso frequentar o Purgatório, o Paraíso ou o Inferno para me certificar que o céu está carregado de estrelas, como diz um poeta cego. É muito assombroso quando não consigo visualizar estrelas ou galáxias. Meus personagens acham que os meus mapas celestes são obras de ficção.

Há tempos não perco mais tempo contando estrelas cadentes. Uns e outros pensam que, ao avistar uma estrela cadente, estão recebendo um sinal dos deuses. Meus personagens já nasceram sabendo que os deuses morreram há séculos.

O que aconteceu com os deuses? É o que me pergunta um dos meus personagens que gosta de reparar na arquitetura das igrejas. Respondi-lhe que os deuses, com o passar do tempo, se transformaram em pedras e árvores. Será que é por isso que o meu personagem prefere dormir debaixo do pé de jabuticaba?

Meu personagem diz que vive sonhando com os deuses. O sonho é apenas uma fabulação da memória. Há dias tenho a sensação de que sou a memória dos meus antecedentes e descendentes. Será que é por isso que os meus personagens pensam que sou um deus?

Para mim, os deuses foram inventados pelos homens que vivem entre a vigília e o pesadelo. Meus personagens têm ciência que não sou místico ou metafísico, mas astrofísico. Para os meus personagens, basta estar vivo para nos tornamos místicos.

ESTRELA **VESPERTINA**

Desde menino que sou a noite atravessando o infinito vão do tempo. Os dias sempre me atormentaram. Tenho medo de acordar amanhã e não saber o que fazer do meu tempo. Todo dia perco muito tempo para descobrir onde estou. Às vezes tenho a sensação de que os meus dias e noites são apenas peças de ficção. Lembro muito bem de que só me resta essa noite. A memória é um simulacro. A memória e o sonho são as reapresentações mais alumbradas e imaginárias do pensamento. O resto é real. Será que voltei a sonhar com as minhas realidades?

Não vou me desviar do presente para retornar ao tempo dos meus antepassados. Daqui só saio para desvendar o futuro, esse tempo do além. Não sei se vou acordar amanhã, mas os meus personagens sabem que amanhã é outro dia. Amanhã é outro dia? O meu fim é só o começo para os meus personagens. Eu os criei para que vivam além do meu tempo.

Após essa prolongada noite, vou me reencontrar com os amigos Sócrates, Virgílio e Sêneca. Há dias em que tenho a impressão de que os meus personagens saíram dos livros de Heródoto. Os leitores têm ciência de que não sou historiador, mas romancista. Alguns leitores mais dramáticos pensam que sou poeta. Ainda não posso definir todos os meus leitores, mas sei que eles são reais. Já os meus personagens representam algo que não são realmente. Hoje em dia não me deixo representar nem por Alexandre que conquistou a Pérsia e a Índia.

Eu só quero recuperar meu passado para reconquistar meu futuro, mas acho não me resta muito tempo. Tudo o que devo pensar é nessa última e eterna noite?

O tempo é uma invenção memorável dos meus antepassados gregos. Para eles, o tempo é cíclico e, por isso, retorna diariamente com os seus dias de ontem e os seus dias de amanhã.

Eu sei que amanhã não significa mais nada para mim, já que não vou mais estar por aqui. Há dias estou atravessando a minha noite para chegar do outro lado do tempo. É noite, mas está tudo claro. Está tudo claro!

ESTRELA **ANTARES**

Esta narrativa não é um monólogo, apesar de que ando falando sozinho nessa minha última noite. Mas o que sei eu da noite? A noite é a terra das estrelas e galáxias. Para mim, a noite é o tempo do Oriente. Acho que o *Livro das mil e uma noites* foi escrito nas primeiras horas da manhã.

Uma manhã é sempre a aurora de outros tempos. Será que vou amanhecer para relatar essa vasta noite? Sou um fabulador noturno, como os autores do *Livro das mil e uma noites*. Há tempos que os dias me fugiram para sempre. Sei agora que não me resta nem mais uma aurora.

    Amanhã é outro dia, me diz um dos meus personagens que foi criado ontem à tarde. Amanhã vou desvendar o futuro, esse tempo das desilusões. Meus personagens são muito esperançosos, apesar de todo o meu desespero. Há dias não mais espero por ninguém e ninguém espera por mim.

    Meus personagens não sabem ao certo se estou sonhando ou morrendo. Sonhar é uma maneira de se aproximar da morte. Meus personagens dizem que a morte é um templo de luz, tempo dos céus que não podemos avistar.

Eu só quero atravessar o céu dessa luminosa e, ao mesmo tempo, sombria noite. Meus personagens afirmam que só essa noite eu posso medir o espaço do tempo que não sonhei ou vivi. Estou prestes a morrer para que os meus personagens vivam plenamente. Meus personagens pensam que sou um deus e que nunca vou morrer. Não quero retornar ao passado ou passar os meus dias adivinhando o futuro. Amanhã vou estar morto.

Amanhã vou viver ao lado das estrelas ignoradas por meus antepassados. As sombras dessa noite vão me levar para perto das galáxias do outro mundo? Eu sempre me senti de outro mundo. O mundo terrestre não tem a importância que meus personagens imaginam. O que vai acontecer quando terminar de escrever *A noite de um iluminado*? Vou apagar a luz do quarto e aguardar a luz do sol iluminar o meu mundo.

ESTRELA **PÓLUX**

Como alguém pode duvidar de que meus personagens nunca existiram? Se bem que seria mais exato dizer que eles só não existem quando eu me apresento em público. Eles gostam de aparecer somente durante as minhas prolongadas ausências. Eu não estou sonhando. Meus personagens e eu sempre recordamos dos nossos sonhos após o amanhecer. Amanhã é outro dia para os meus personagens.

Há dias venho me afastando do mundo, já que estou prestes a transmigrar para o outro lado do Universo. Acho que ninguém está me esperando do outro lado do tempo. Morrer deve ser como viver para sempre consigo mesmo.

Você já se sentiu sozinho no meio da multidão? Meus personagens gostam de se misturarem à multidão quando estão usando máscaras. Qualquer dia desses eles vão ser desmascarados. Meus personagens são muito teatrais. Eu já deixei claro para eles que não sou louco de me deixar apresentar por quem quer que seja. Ninguém pode me representar, apesar de que às vezes me sinto ser todo mundo. Eu só quero ser-no-mundo o que os meus antepassados não conseguiram ser-no-tempo.

Será que nasci outras vezes em outro mundo? Não sou Buda, mas tenho a sensação de que nasci infinitas vezes em outros tempos. Acho que nesta noite vou morrer pela última vez. Em breve vou conviver com os meus mortos.

Alguns mortos nasceram ao mesmo tempo do que eu? Penso muito no tempo que se esvai num piscar de olhos. Tudo se vai com o tempo.

Eu não escolhi o momento de minha morte, mas sei que a minha hora vai chegar antes do nascer do sol. O que farão meus personagens sem mim? Eles nasceram sabendo que um dia eu morreria. Meu dia chegou com a eternidade, me diz um dos meus personagens que pensa ser mortal. Nos últimos dias, para não perder tempo, tenho caçado estrelas em plena luz do dia.

ESTRELA **DE LUYTEN**

Toda noite renasço para escrever o diário das estrelas que foram apagadas por meus antepassados. Há dias já não mais perco tempo com as coisas diárias. Só me resta esta infinita e vasta noite. Será que vou viver além do meu tempo? Nada mais me interessa após a minha morte. Eu já disse isso, mas é bom repetir para não mais perder tempo com a vida que já era. Meus personagens pensam que vou viver muitas outras vidas. Acho que eles são de outro mundo, já que vivem me fazendo indagações metafísicas. Não tenho mais meta ou físico para descobrir o tempo do outro lado do Universo.

Será que em outras vidas eu fui um lago, um rio ou um mar? Acho que fui uma estrela de outros céus ou uma luz antiga que anima o dia das minhas sombras. O Sol é um deus das minhas sombras?

> Há dias em que acordo e tenho a impressão que já estive aqui muito antes dos meus antepassados. Será que vou renascer mais uma vez após o eclipse desta noite? Meus antepassados achavam que o eclipse lunar era uma espécie de anúncio do fim do mundo.
>
> Meus personagens acreditam que o fim e o começo do mundo foram predeterminados por uma estrela. Creio que, após a minha morte, muitas estrelas vão nascer logo após o crepúsculo.

Será que estou morrendo ou sonhando? Para mim, a vida não é um sonho, mas um pesadelo. Não entendo como as pessoas vivem toda uma vida num mundo de sonhos. Quando eu digo "eu sonho", quero dizer, "eu penso". Agora eu só penso em atravessar esta eterna noite e amanhecer do outro lado do tempo. Será que estou vivendo uma ilusão e tudo não passa de um sonho? Estou sonhando com um mundo que ainda vai existir? Preciso despertar para descobrir as estrelas ignoradas pelos meus ancestrais.

Muitos pensam que o seu destino foi traçado por este astro que geralmente tem cinco ou seis pontas. O pensamento ilumina mais o meu destino que o céu estrelado sobre a minha cidade. Enquanto estiver por aqui, não vou perder mais tempo rastreando estrelas cadentes. O que é uma estrela? Estrela é uma denominação comum aos astros luminosos que mantêm praticamente as mesmas posições relativas na esfera celeste e que, observados à vista desarmada, apresentam cintilação, o que os distingue dos planetas. Pode-se dizer também que as estrelas constituem o elemento fundamental da formação do Universo, agrupando-se em aglomerados de galáxias. Será que a minha estrela-guia está tentando esclarecer a escuridão da Terra?

ESTRELA **DELTA OPHIUCHI**

A noite é o espaço do tempo em que o Sol está abaixo do horizonte. Meus personagens gostam de passar as noites em claro. Acho que eles são muito parecidos comigo. Será que os meus leitores vão me confundir com os meus personagens?

Outro dia um leitor me disse que a noite é um mar de estrelas. Meus personagens pensam em mudar para as margens do Mar Morto após a minha morte. Será que a noite é o templo da morte? Meus personagens dizem que foi um cego, num dia de sol, quem inventou a palavra noite. Eu nunca deixo os meus personagens sozinhos, mas eles vivem repetindo o verso de Virgílio que diz que muitos "iam escuros sob a solitária noite".

Creio que só me resta esta povoada noite. A noite é um espaçamento de solidão dos homens. Eu sempre me sinto só, mesmo nos momentos em que circulo no meio da multidão. Quando estou a sós com os meus personagens tenho a sensação de que sou de outro mundo.

> Penso que o nosso mundo é um tempo que foi inventado no dia a dia. Há pessoas que estão no mundo, mas não conseguem vislumbrar o tempo que já correu ou que ainda vai transcorrer por toda noite.

A noite é o tempo dos nossos antepassados? Eu sou o tempo correndo no meio da noite, mas nem por isso deixei de ser contemporâneo de mim mesmo. Cada homem tem seu tempo refletido nos seus próprios olhos. A minha noite é um clarão de sóis na escuridão dos tempos. Há dias meus antepassados estão tentando fugir dos seus tempos sombrios e dos seus vazios ensolarados.

Há dias em que me pergunto se sou o Sol dos que ainda não nasceram ou a sombra dos meus antepassados. Será que amanhã os meus personagens vão amanhecer com as minhas sombras ou com os meus antepassados? Há tempos sei que amanhã vou me desassombrar para sempre. Desde menino que sou uma sombra do meu tempo. O que é uma sombra, senão um tempo fugindo do Sol?

ESTRELA **ALDEBARAN**

Eu me habituei à noite, esta estrada de estrelas. Creio que a olho desarmado, o brilho aparente da estrela é definido pela magnitude. Há tempos busco a minha estrela. Meus personagens sabem que posso ler nas estrelas o destino de todo mundo, apesar de que, às vezes, tenho a impressão de que continuo perdido nos entretempos de meu tempo.

A noite me espreita desde menino. Eu devia ter prestado mais atenção no pôr do sol. Agora é tarde para retornar no tempo e descobrir os dias que não me transcenderam. Também não pretendo renascer amanhã ou depois de amanhã.

A noite está dentro da gente ou talvez em todos os sonhos que não conseguimos desvendar. Deve ser por isso que meus personagens preferem sonhar acordados. Eles dizem que o sono os aproxima muito da morte. Meus personagens pensam que vão viver por toda a eternidade. O sonho do homem em ser eterno é antigo como o mundo. Moderno é viver diariamente o presente.

Eu só durmo para sonhar, quero dizer, me lembrar do tempo que está me transcorrendo. Eu sempre corro do tempo parado dos meus antepassados. Meus antepassados nunca sonharam com a eternidade porque não suportariam vivenciar por todo o tempo seus sofrimentos, angústias e tragédias. Eles achavam que eu seria um deus nesta vida. Como posso ser um deus se não consigo vislumbrar o meu futuro?

 Será que os meus antepassados disfarçaram-se em meus personagens? Desde menino que eu não sou só eu, mas todos os meus personagens. Meus personagens também dizem que sou um deus de outro mundo. Eles pensam que a chuva, que não passa de uma precipitação atmosférica formada de gotas de água cujas dimensões variam entre 1 e 3mm, é o meu choro. A chuva não é o meu choro.

 Mas o que sei eu da chuva ou do Sol? Tenho para mim que o Sol é uma invenção dos deuses da chuva.

 O Sol surgiu muito antes dos deuses. Será que os deuses sabem que o Sol é o centro do sistema planetário em torno do qual giram a Terra e os demais planetas? Amanhã não vou mais ver a luz nem sentir o calor desse astro. Só me resta esta vasta e infinita noite.

ESTRELA **SIRIUS**

Será que estou me queimando com o fogo da Estrela Sirius? Às vezes tenho a sensação de que sou uma espécie de oferenda para as estrelas que nasceram após a minha morte. Que a luz da minha cremação possa aos menos iluminar o tempo perdido dos meus antepassados.

Pressinto o meu fim se aproximando nesta última e luminosa noite. Será que ao morrermos voltamos ao tempo amanhecido dos antepassados? Nunca quis viver nos tempos dos meus antecedentes ou descendentes. Desde menino que sou contemporâneo de mim mesmo. Amanhã é outro dia, me diz um dos personagens que parece viver nos dias de ontem.

> Nesta minha última noite, não vou tentar reescrever o longo poema *O Paraíso perdido,* de Milton. Acho que não me resta tempo para imaginar nem o horizonte do Inferno. A minha biografia será narrada como se fosse uma tragédia grega? Eu e meus personagens ainda vivemos a grande comédia.

Meus personagens pretendem arrombar as portas do porão empoeirado da minha memória para desvendar o passado dos meus antepassados. Eu recuso a lembrar de quem nunca sonhou com o meu futuro. É preciso esquecer, se não me falha a memória.

Todos os dias um ou outro personagem me pergunta o que vou legar para as próximas gerações. Deixo de herança os mapas que desvendaram as estrelas ignoradas por meus ancestrais. Só me restam esta precisa e clara noite?

Preciso urgentemente aprender a morrer com os meus personagens. Por que escrever uma autobiografia, se me revelo nas entrelinhas dos diálogos dos meus personagens? Quem nunca mentiu ao contar histórias de sua própria vida?

ESTRELA **POLARIS AUSTRALIS**

Será que o meu destino está nas mãos dos meus personagens? Acho que somente eles podem presenciar as minhas ausências.

Meus personagens sempre me lembram de uma época que não presenciei ou de um tempo que ainda vai passar por mim. Estou diante da minha eterna noite e, por isso, não quero saber do passado ou futuro.

Preciso desenhar os mapas das estrelas ignoradas pelos meus antepassados. Será que o mundo vai progredir com a descoberta destas antigas estrelas?

Os homens do meu tempo não mais reparam ou mapeiam estrelas perdidas do cosmo. Parece que hoje em dia todo mundo só repara em si mesmo ou na vida alheia. Eu reparo muito nas estrelas que estavam penduradas no céu no dia do meu nascimento.

> Deve ser por isso que não tenho medo de altura. Acho que algumas estrelas vão transmigrar comigo antes dos primeiros raios de sol. Eu e as estrelas somos filhos da noite.
>
> Eu só tenho essas últimas horas noturnas antes do sol anunciar um novo dia. Amanhã vou retornar no tempo com as estrelas para esclarecer todas as noites que se apagaram da minha memória.

Ontem, um dos meus personagens me perguntou por que confio tanto nas estrelas. Vou confiar em você que é um ator, quero dizer, um hipócrita, alguém que representa algo que não se é?

ESTRELA **ZAVIJAVA**

Quem eu vejo no espelho? Às vezes fecho os olhos para não ver o meu assombrado rosto. "De quem herdou estes olhos enfurecidos?", perguntou um dos meus personagens que não enxerga um palmo além do nariz. Há tempos não faço a mínima ideia de quem são os meus antepassados. Eu também não tenho vontade de conhecer os meus descendestes. Há dias só penso se vou viver no mundo do além.

Hoje acordei e logo esqueci que continuava vivo. Continuo vivo. Desde ontem que já não penso o que será dos meus dias de amanhã. Não anseio em ressuscitar-me. Vou me concentrar para esclarecer o meu tempo que corre no meio desta última noite. Não me resta outra noite ou outro dia.

Agora só me resta desprezar o passado, este tempo que insiste em não passar. Vou morrer pela sétima vez quando apagarem as estrelas dessa breve noite. Vou desaparecer para sempre, como um dos meus personagens que gostava de parecer quem ele nunca havia sido na vida.

> Eu me preparei durante toda a vida para morrer. Alguns mortos renascem do outro lado do Universo porque se esqueceram de retornar no tempo. Todos estão cientes que devo ser cremado e as

cinzas jogadas entre as nuvens. Desde menino sei que sou uma nuvem, quero dizer, um tempo passageiro. Nunca perdi tempo pensando na eternidade.

Sei há séculos que a eternidade não compensa. "Como vamos viver sem você?", perguntou um dos meus personagens que ainda não aprendeu a morrer.

Meus personagens confabulam aos sussurros quando falam sobre a morte. Alguns personagens sabem que não vão morrer e, por isso, gostariam de não ter tanta consciência de si mesmos. Eu devo morrer antes dos primeiros raios de sol.

Sei desde dos tempos dos meus antepassados que não existe o mundo do além. Meus mortos vivem repetindo que não existe o mundo do além. A vida é breve, mas a minha me parece muito longa. A luz das estrelas são os olhos dos mortos?

ESTRELA **GAMMA VIRGINIS**

De uma coisa tenho certeza: continuo vivo. Continuo vivo. Meus personagens sabem que raramente me engano. Diante da certeza que estou vivo, vou continuar mapeando as estrelas que vão se apagar antes do fim desta infinita noite. Meus personagens perguntam o que eu desejo após a morte. Não pretendo mais refletir sobre a vida.

Eles também querem saber quem vai lhes recontar as histórias inventadas. Eu e os meus personagens passamos dias e mais dias contando histórias uns para os outros. A literatura se resume a algumas histórias recontadas por um mesmo espírito e essas histórias, ao serem relidas, desvendam-se em outras leituras ou em novas histórias.

> As histórias, por mais que sejam reais, sempre nos conduzem às margens do tempo imaginário. Tudo é ficção, me diz um dos meus personagens que poderia chamar Adão. Ele acha todo mundo muito antirrealista.
>
> Muitos pensam que sofro por ser realista. Não sofro por nada deste mundo. Não sofro sonhos. A indiferença em relação aos sonhos é a causa dos pesadelos. Os tempos são como os sonhos. Os sonhos sempre são revelados com o passar dos tempos.

Será que nunca mais verei o sol das manhãs? Um vento sopra e logo penso no nascimento de mais uma estrela. Meus personagens acham que, com a minha morte, muitas estrelas vão deixar de nascer. Eu sou caçador de estrelas e não um inventor de estrelas, digo para quem quiser ouvir. Aliás, há dias não ouço vaga-lumes, estrelas ou galáxias. Será que estou ficando surdo?

Meus personagens ouvem tudo em silêncio. Há dias em que prefiro silenciar a falar sobre o que poderia ter sido e não foi ou sobre o que poderá ocorrer, mas não transcorrerá. Sempre me enfureço quando não consigo ouvir o silêncio. Adoro falar em silêncio comigo mesmo. Eu sou todo ouvido! Silenciar é ouvir a razão?

Eu tenho razão em não ser como os meus personagens que vivem falando pelos cotovelos. Há tempos só falo pelos olhos. Deve ser por isso que, mesmo após a morte das estrelas, ainda assim, continuo a vislumbrá-las na amplidão dos céus.

ESTRELA **SCHOLZ**

Preciso incluir a Estrela Scholz nos mapas celestes que herdei dos meus antepassados. Minha eterna noite não vai demorar-se para apagar. Eu vivi muitos dias para experimentar esta noite que está prestes a me transcender. Há séculos esta excedente noite me foi destinada? Desde sempre que a noite corre no meio do meu tempo. Estou desanoitecendo diariamente. Nada mais vai me fazer amanhecer. Amanhã será um novo dia para os meus personagens. Às vezes eles ficam até tarde da noite observando o voo cego da Estrela Scholz.

> Eu não tenho preferência por uma estrela ou por um personagem. Para mim, todos são dignos do céu ou do teatro. Há noites em que estrelas se movimentam como se tivessem encenando uma peça no infinito vão do tempo.
>
> Já os personagens, dependendo da intensidade da luz da lua, se movimentam como se fossem as estrelas da noite. Ontem à noite as nuvens apagaram a luz da lua e, por isso, meus personagens ainda não acordaram. Eu sempre acordo quando meus personagens adormecem. Ninguém pode me ensinar a sonhar.

Às vezes vou dormir só para ouvir os sonhos narrados por meus personagens. Meus personagens parecem anjos quando estão dormindo, mas estrelas demônios quando estão acordados. Eu me entendo com eles dormindo ou acordados. Com frequência nós acordamos no meio da noite para trocar ideias e observar estrelas que ainda não foram capturadas por caçadores. Foi numa dessas noites que consegui mapear a cruel Estrela Scholz.

Às vezes tenho a sensação de que já habitei outros céus da Terra. Será que estou me confundindo com um dos meus personagens que vivem inventando histórias do Paraíso? Para mim, o Paraíso não passa de um espaço metafísico, imaginado por quem nunca estudou astrofísica.

Preciso recuperar o astral para ensinar o que é astrofísica para os meus personagens. Um dos meus personagens, que parece viver fora da realidade, diz que astrofísica é o estudo da constituição física e química dos astros, baseada na análise espectroscópica. Será que os meus personagens se iludiram com a luz cósmica dos astros?

ESTRELA **RÍGEL**

Amanhã não vou espreitar o dia, já que só me resta esta vasta noite e suas malditas estrelas. Agora é tarde pra retornar no tempo e descobrir o que aconteceu. O que aconteceu? Sei que perdi tempo imaginando um lugar que não existe. Estamos sempre atribuindo aos nossos antepassados esse futuro que nunca chega. Meus antepassados também perderam tempo com o futuro, este templo sonhado pelos deuses.

Só o que passou por mim é meu e de mais ninguém. Acho que não há outros momentos além dos passados, esses tempos perdidos nas esquinas da memória. Meu destino já estava traçado antes do meu nascimento? Amanhã vou saber se estou sonhando ou morrendo. Agora preciso mapear as estrelas mortas que continuam dependuras nos céus da Terra.

Basta um homem morrer para que uma estrela invisível torne-se visível nos céus da Terra. As estrelas refletem-nos em sua eternidade e, por isso, meus personagens pensam que vou viver muitas outras vidas.

> Peço às estrelas que não me deixem retornar do além para reviver um tempo que já era há séculos. Será que cheguei do outro lado do tempo antes da hora? Eu não tenho medo de atravessar

esta infinita noite que vai me transcender antes dos primeiros raios de sol.

Hoje à noite vou presenciar pela última vez o nascimento das estrelas. Deixo ao tempo e a seus entretempos as estrelas e galáxias descobertas pelos meus personagens.

Há uns e outros que nunca olham para o céu e, portanto, não vão ver ou entrever estes luminosos astros que surgem diariamente nos abismos da noite. A noite, me diz um dos meus personagens diurnos, é um espaço de tempo em que o Sol está abaixo do horizonte. Há dias o meu tempo corre para além do horizonte. Será que estou retornando a um espaço anterior ao tempo?

ESTRELA **T-TAURI**

Um dia vou desaguar no mar. Desde menino que sou o rio que corre além do meu tempo. Há dias em que corro nas margens do rio para não retornar no tempo. Que me importa o passado que já vai longe de mim?

O presente é tudo que me resta. Meus personagens preferem tomar sol à beira do rio a nadar em suas águas profundas. Eles também gostam de observar as configurações das nuvens que me parecem figuras atemporais. Há nuvens que só circulam nos olhos de quem nunca olha para os céus.

Não me resta tempo para estudar as nuvens ou para explicar aos meus personagens que tudo passageiro. Tudo é passageiro. Meus personagens pensam que sou eterno.

Trago em mim os tempos dos meus antepassados, mas nem por isso vou viver os tempos das estrelas que ainda não iluminaram os céus.

Quando criança pensava que bastava piscar os olhos para apagar uma estrela. Hoje em dia sei que uma estrela se apaga apenas quando morremos. Estou convencido que as estrelas, estes astros luminosos que mantêm praticamente as mesmas posições relativas na esfera celeste, nunca traçaram o meu destino, mas reconheço que, atualmente, elas clareiam os caminhos dos meus personagens. Mas que sei eu das estrelas invisíveis?

Não creio que uma estrela visível seja capaz de lançar a sorte dos meus personagens. Eu nunca digo isso em público para não criar polêmica com os astrólogos. Meus personagens sabem que a astrologia não tem nenhuma lógica.

Meus personagens só têm olhos para as estrelas invisíveis. Não existe estrela invisível que não tenha sido vislumbrada por algum cego. Eles pensam em fotografar estas estrelas para mostrar aos meus leitores que o tempo é circular e, portanto, eterno. A eternidade não compensa, penso comigo.

ESTRELA **OMEGA CENTAURI**

Todos os meus personagens têm consciência de que estão encenando uma vida que não lhes pertence. Mas o que é um personagem? É uma figura trágica ou cômica. Meus personagens divagam ou fantasiam por mim, já que vivo numa época muito realista e, ao mesmo tempo, virtual.

Eu e meus leitores sabemos que virtual é algo que é suscetível de se realizar. Personagens ingênuos ou dramáticos pensam que a palavra virtual está enraizada na palavra virtude, mas ela está muito mais para a palavra vício. Meus personagens são viciados na realidade e, por isso, sonham até acordados.

Eu me esforço para não dormir, já que só me resta esta luminosa noite. Não sei quase nada do que vai ocorrer amanhã. Há dias venho orientando os meus personagens a permanecer como eles realmente são. Eles sabem que precisam sonhar para reinventar o dia a dia. Desde menino que sonho a minha vida.

> O que nos resta além do sonho? Hoje em dia tudo é muito real. Não quero modificar a realidade, mas propor nova realidade.

Mas voltemos aos meus personagens. A minha vida banal e ordinária não interessa a ninguém. Meus personagens andam traçando o destino de estrelas que ainda estão por nascer. Será que os meus personagens já descobriram que só me resta esta eterna noite? Ontem disse a eles que amanhã terão de imaginar o dia a dia e a eternidade. Meus personagens acham que eu carrego o espírito do meu tempo e, por isso, pensam que são eternos.

ESTRELA **ANKAA**

Amanhã vou morrer para renascer entre as estrelas invisíveis do outro lado do Universo. Quem viver verá. Amanhã de manhã, todos que acordarem vão descobrir que as estrelas nunca adormecem. Elas apenas se apagam por algum tempo para que os deuses e homens possam dormir e sonhar com o Universo do outro lado do tempo. Amanhã a minha história será outra história. Provavelmente. Lembro vagamente do enredo dessa noite. Agora só me resta propor outro presente. O tempo é o meu deus? Eu sempre soube que as parábolas bíblicas eram uma espécie de contos fantásticos ou paranoicos.

Só um alumbrado pode crer em quem não se deixa ver. Pode crer! É um absurdo. Deus é um absurdo! Eu também sou um absurdo! Eu criei meus personagens para descobrir quem eu realmente sou.

> A linguagem sempre esconde o pensamento? A linguagem é a protagonista de *A noite de um iluminado*. Minhas histórias inverossímeis não são relatos imaginários.
>
> Tudo aconteceu ou está para acontecer. Deve ser por isso que não suporto ler livros de memórias. Nunca escrevi uma só frase ou palavra que revelasse a minha vida ou a vida dos meus parentes.

Também não perco tempo escrevendo diários. Só os outros inventam as nossas solidões? Eu sempre estive só e muito bem acompanhado. Obrigado! A melancolia nunca me entristeceu. Melancolia é uma espécie de alegria da tristeza. Nunca me deixei representar por ninguém. Quando nasci, Deus já estava morto. Meus antepassados não acreditavam nos deuses que não fossem imaginados por eles. A noite é o meu deus?

Sou a noite tramada por diversos dias. Todo dia anoiteço um pouco mais. Será que um dia vou amanhecer no meio da noite? Desde menino sou a noite correndo no meio do tempo. Há dias também sou o meu Sol e o infinito vão do tempo. Meu pensamento é a luz do sol neste escuro e sombrio céu. É noite, mas está tudo claro. Meus mortos continuam sobrevoando o meu espaço celeste? Preciso consertar meu telescópio para certificar que além do horizonte só flutuam cometas, meteoritos e estrelas.

ESTRELA **ALPHA COLUMBAE**

Meus deuses lembram-me vaga-lumes a piscar na amplidão dos céus para tentar iluminar a noite sombria de Deus. Ainda não sei se Deus está em busca dos meus descrentes antepassados ou das estrelas invisíveis que são possíveis de serem vislumbradas em noites sem Lua. Uma estrela sempre se reconhece pela luz. Deus é uma estrela invisível? Eu também seria Deus se fosse invisível.

Para mim, o mundo não é um espaço deslocado no tempo, mas o tempo inventado do espaço. Eu sempre fui o espaço de meu tempo e de outros tempos. Somos espaciais e atemporais. Os homens do meu tempo não sabem o que fazer com os seus passados nem aprenderam a morrer de uma hora pra outra. Há tempos vivo a noite de um iluminado.

Será que estou condenado a viver a vida dos meus personagens? Às vezes tenho a impressão de ser um dos meus personagens me observando de perto. Eu sei quem sou desde menino, mas eles não sabem quem são realmente. Quem eu sou realmente? Não vou perder tempo escrevendo as minhas memórias.

Quem dos meus contemporâneos vai continuar por aqui eternamente? Fui! Até mais! Antes, porém, vou reler o admirável livro *Confissões,* de Santo Agostinho e os reveladores *Diários,* de Kafka. Confesso-lhes que não sou santo nem kafkiano. Também não sou nostálgico, quero dizer, alguém que "retorna" diariamente às suas "dores".

> Desde menino que sou um tempo além do Sol. Acho que nunca vou morrer nesta vida. Ainda coleciono crepúsculos? A morte deve ser o início do infinito se expandindo no meio de uma longa noite. Desde menino que sou a noite correndo no meio do tempo.
>
> Cada um traz dentro de si um Sol que ainda não amanheceu. Há dias vago pelos entretempos desta vasta noite, como se fosse de um tempo que ainda vai transcorrer. Caço estrelas invisíveis para evitar que elas se explodam no meio da noite e incendeiem os céus da Terra.

ESTRELA **IOTA PISCIUM**

Há dias em que tenho a sensação de que os meus personagens vieram de muito longe. Eles parecem estar aqui e, ao mesmo tempo, em outros lugares. Pode-se dizer também que eles parecem ter dado a volta ao mundo em poucos dias. Eu só quero retornar ao mundo após atravessar esta infinita noite. Será que estou sonhando ou morrendo?

Sonhar é se aproximar um pouco mais da morte. Deve ser por isso que não gosto de sonhar. Será que um dia vou aprender a morrer?

>Desde ontem que os meus personagens estão cientes de que para viver por todo o tempo é preciso morrer e renascer todo dia. Meus personagens só gostam de morrer aos finais de semana. Eles fecham os olhos e fingem dormir para não pensar em nada. Eles não querem pensar em nada.
>
>Eu, ao contrário, gosto de sonhar para renovar o pensamento. Desperto apenas para descobrir pensamentos profundos. Só não gosto de aprofundar lembranças, já que não me resta tempo para inventar o futuro.

Não preciso descobrir o futuro para saber quem eu sou. Desde ontem sei o que vai ocorrer amanhã. Amanhã será um novo dia apenas para os meus personagens e leitores. Sei desde sempre que esta noite vai me transcender a qualquer hora. Seja como for, não quero reviver os dias que já vão longe de mim. Revivo num piscar de olhos os tempos gregos dos meus antepassados. Deve ser por isso que os meus personagens parecem jovens, apesar de terem nascido na Antiguidade.

Meus personagens sempre me levam de volta a um lugar em que nunca estive. No futuro, aonde quer que eu esteja, meus personagens vão ser confundidos comigo? Acho que eu poderia muito bem ter sido um dos meus personagens.

ESTRELA **ATLAS**

Será que estou presenciando fenômenos que as leis da natureza não podem explicar? Estou pra amanhecer a qualquer hora. Não haverá amanhecer para os caçadores de estrelas? Devo amanhecer no meio da noite para não ter que retornar ao tempo dos meus antepassados. Não será fácil para os meus antepassados escapar dos seus passados. Será que eles ainda me esperam para salvá-los do fogo do inferno? Vou desanoitecer antes que a luz do sol ilumine o tempo entrevado das estrelas cadentes. Mas, antes de amanhecer, vou terminar os mapas celestes desenhados por meus antepassados. Quando o passado dos meus antepassados se transformou num amontoado de escombros? Será que eles fracassaram porque perderam muito tempo observando estrelas e galáxias?

    Como é possível alguém ignorar os céus e as suas estrelas? Meus personagens deixam de dormir pra caçar estrelas. Quem além dos porcos e dos cegos não repara nos astros dependurados no céu?

    Meus personagens acham que eu sou um ser iluminado porque mapeio as trilhas escuras do cosmo. Eles só me ajudam a catalogar os astros porque têm esperança de que Deus apareça pessoalmente. Eu já disse a eles que Deus não é uma pessoa.

Desde menino que não espero nada de Deus e Ele não espera nada de mim. Mas nem por isso os meus personagens deixam de se iludirem com este Ser, considerado pelas religiões como superior à natureza. Eles dizem que Deus é infinito, perfeito e criador do Universo.

Será que eles estão sonhando ou serei eu o sonhador? Um dia todos vão acordar e cair na realidade. Acho que os sonhadores são os que mais se aproximam dos loucos e dos gênios.

Os ingênuos são filhos de Deus, me diz um dos meus personagens mais irônicos. E os gênios são filhos de quem? Ninguém sabe me responder. Desde criança que penso perguntando, mas nem todos sabem me responder. Somos gênios ou filhos de Deus?

ESTRELA **ALPHA PAVONIS**

Há dias em que desperto e vou logo encarando os meus personagens. Eles também me encaram, já que não querem que eu retire as máscaras. Na verdade, meus personagens são muito mascarados. Eu não sei o que dizer para convencê-los a não usar mais as máscaras que foram dos meus antepassados. Por que perder tempo com o meu passado se só me resta esta vasta e infinita noite?

Um dos meus personagens me disse que tudo tem o seu tempo. Não me resta muito tempo, mas mesmo assim, eles continuam achando que eu sou eterno.

Às vezes tenho a sensação de que vivo há mais de um século. Preciso me apressar um pouco porque tenho que atravessar esta noite que está prestes a me transcender.

Amanhã vai acabar o meu tempo. Imaginei ainda criança que o meu tempo se prolongaria para além da minha existência. Tudo é passageiro, me diz um dos meus personagens que acha que o tempo parou. O tempo é um templo imaginário da nossa memória. Agora eu me encontro no meu previsível fim.

O meu fim é só o meu começo? A eternidade não é para mim, penso comigo. Chega de pensamentos sobre o tempo. Preciso me apressar para caçar estrelas que estão prestes a atravessar a superfície do planeta Netuno.

Pode-se vislumbrar da Terra a luz azul das estrelas que morreram há milhões de anos em Netuno ou em Marte. Só os seres humanos, ao morrer, se apagam para sempre no infinito vão do tempo? Meus antepassados achavam que eram de outro tempo e, por isso, negavam-se a viver no tempo deles. Agora é tarde para retornarem no tempo.

ESTRELA **THETA PERSEI**

Hoje à noite as estrelas brilham no céu de um milenar azul amanhecido e, na margem da escuridão, a luz minguante cresce o olho em cima de mim. Isto é a eternidade, me diz um dos meus personagens que finge não ser do meu tempo. Acho que não suportaria a eternidade por muito tempo. Há pessoas que se apaixonam tanto por elas mesmas que pensam ser eternas. Eu só quero viver a minha vida e depois esquecer de tudo e de todos.

Amanhã vai acabar o meu tempo? Há dias percebo que o meu tempo vem desaparecendo diariamente. Estou com medo de abrir os olhos e descobrir que estou assistindo a minha morte.

Meus personagens acham que vão testemunhar as minhas outras vidas. A eternidade não é para mim, disse aos meus personagens. O leitor ainda está em dúvida se estou morrendo ou sonhando?

Sonhei? Amanhã vou cair na real, já que está chegando a minha hora. Não há como adiar o meu tempo. Há milhares de anos o meu destino foi traçado pelas estrelas. Como não acreditar nos mapas celestes desenhados por meus antepassados? Eles sabiam que eu transmigraria nesta luminosa e sombria noite.

Preciso aprender a morrer antes que seja tarde demais. Na realidade, eu penso que estou sonhando e não morrendo.

É evidente que estou morrendo, afinal, todos os meus personagens estão presentes para assistir o meu desaparecimento. Eles sabem que não vou me assombrar com a minha ausência. Sei desde criança que presenciaria a minha ausência. Será que me esqueci de viver?

ESTRELA **ARCTURUS**

Em pouco tempo vou embora para sempre. Um dos meus personagens me disse que teme que o Sol não mais apareça no infinito após a minha partida. Alguns dos meus personagens acham que eu sou um Sol ou um ser iluminado, apesar do meu tempo transcorrer no meio da noite.

Desde menino que sou a noite do meu tempo. Espero que eles continuem sendo o que são, mesmo quando eu não mais estiver por aqui.

Devo orientar os meus personagens a seguirem em frente na vida e também a me esquecerem de uma vez por todas. De agora em diante, eles terão de reinventar outra vida. A minha ausência vai proporcionar uma nova vida para os meus personagens.

Muito antes do sol aparecer na linha do horizonte, vou desaparecer na curva da noite. Com o passar do tempo, eles vão se acostumar com a minha ausência. Será que meus personagens vão também presenciar a minha ausência? Amanhã vou voltar a ser eu mesmo.

Amanhã os meus personagens vão descobrir quem eu realmente fui nesta breve e, ao mesmo tempo, eterna vida. Acho que eles vão ver-se refletidos nos olhares dos seres destemidos, aventureiros e solitários. Eu sempre gostei muito de fazer companhia a mim mesmo. Confesso-lhe que os melhores anos de minha vida foram vividos na solidão.

Vou passar o resto da noite junto às estrelas invisíveis que foram ignoradas por meus antepassados. Só os meus personagens sabem que eu sou um caçador de estrelas. Só durmo de olhos abertos. Mantenho os olhos bem abertos para que os meus personagens possam ler os seus destinos.

É lógico que eles podem recorrer aos meus mapas celestes e descobrir o que os aguarda após esta vasta e infinita noite. Eu só existo através dos meus personagens? Eles são o meu Sol e a minha eternidade.

ESTRELA **IOTA PERSEI**

Meu tempo parou nesta noite no meio do nada? Não, não, estou adentrando a noite para caçar as estrelas que vão fazer companhia aos meus personagens após a minha partida. Amanhã eles vão seguir a vida como se nada tivesse acontecido. Há milhares de anos, as estrelas invisíveis traçaram o meu destino. Para mim e para os meus antepassados, essa infinita noite que ora me transcende não é nenhuma novidade. Amanhã será o meu fim e, ao mesmo tempo, o meu começo.

> Um dia os leitores vão ler *A noite de um iluminado* como uma narrativa de uma viagem ao redor do tempo. Toda narrativa aspira ser ficção. Em breve este livro será lido também como um romance histórico, capaz de revelar às próximas gerações a vida particular do nosso tempo. Tudo é uma questão de tempo, me diz um dos meus personagens que está sempre correndo do tempo parado.
>
> Será que sou o único escritor do meu tempo a revelar a história das próximas gerações? Desde menino tenho em mente contar tudo o que aconteceu com os meus antepassados.

A vida dos meus parentes estava soterrada nos escombros da história. Agora todos sabem de onde venho e para onde vou. Pode-se dizer também que o meu romance desmascara os deuses da Antiguidade que eram cultuados por meus ancestrais. Eu os entendo, já que eles viviam num tempo em que tudo era medido sob o ponto de vista metafísico.

Hoje em dia, por causa da física, temos consciência de que o tempo, este meio contínuo e indefinido no qual os acontecimentos parecem suceder-se em momentos irreversíveis, não passa de uma sucessão de anos relativos.

Será que a compreensão da relatividade do tempo é o que desvenda o segredo da vida? Já não me resta muito tempo de vida. Vou manter os olhos abertos para não despertar os mortos. Daqui a pouco a noite vai atravessar para sempre o meu tempo.

ESTRELA **CHOW**

Hoje à noite as estrelas estão caindo num piscar de olhos. Estas estrelas caídas são do tempo dos meus antepassados? Para onde vão as estrelas após atravessarem a superfície da Terra?

A estrela nunca morre, me diz um dos meus personagens que acha que todos nós somos eternos. Segundo o personagem, as estrelas apenas se apagam por um tempo para não serem capturadas por caçadores de estrelas.

Devo a minha sorte às estrelas que capturei durante toda a vida. Meus antepassados pensam que vou viver além do meu tempo. Eu só garanto a minha vida até o final desta prolongada noite. Amanhã não vou mais estar aqui para prever os dias dos meus personagens e leitores.

Há milhares de anos, as estrelas traçaram esta noite que atravessa o meu tempo. Reparo que o meu passado retorna lentamente pelas margens da minha memória, mas não temo as lembranças nem os esquecimentos. Não vou perder a razão por causa do tempo que já vai longe de mim. Antes dos reflexos do sol entrar pelas gretas da janela, vou despertar-me deste pesadelo. A morte é o pesadelo.

Às vezes não sei ao certo se estou sonhando ou morrendo. O que vai acontecer com os meus personagens após eu transmigrar para outro tempo do Universo? Será que os meus mortos estão me esperando nesse espaço imaginário dos não tempos?

Há dias ando ao lado das nuvens, já que não quero tomar chuvas ou guardar lembranças. *Diário das nuvens* é o nome do meu próximo romance. Amanhã será um novo dia, me diz um dos meus personagens que vive assombrado com as sombras ensolaradas. Será que estou sofrendo de penumbras? Tenho a impressão que já atravessei a atmosfera da Terra em direção ao tempo do outro lado do Universo.

ESTRELA **MIMOSA**

Há séculos não converso com fantasmas. Desde menino que não creio na existência de seres sobrenaturais. Aprendi com as estrelas de onde viemos e para onde vamos. Só não me ensinaram a morrer.

Quem ama não precisa aprender a morrer? Pode-se afirmar que morrer por amor é muito romântico. Eu sou pré-romântico e muito realista. Sei que quase ninguém aprendeu a amar o próximo nem amar a si mesmo.

> Uns e outros assistem a vida passar como se estivessem assistindo a uma sessão de cinema. O cinema é um elogio da ilusão. Às vezes tenho a sensação de que nasci desiludido. Não me iludo nem com a luz diária do sol ou com a dança noturna das sombras.
>
> Lembro muito bem dos meus passados e, por isso, não tenho motivo para cultivar ilusões. Deve ser por isso que nunca mais escrevi cartas de amor. Você conhece alguém que ama o próximo como ama a si mesmo?

Acho que nunca aprendi o que é o amor. Será que alguém nesta breve vida tem tempo para o amor? O amor é uma droga, me diz um dos meus personagens que só gosta de sexo. Às vezes faço sexo só para encontrar o meu eixo. Desde criança que sigo os meus impulsos mais naturais e primitivos. Nunca entendi nada do amor e de seus abismos de luz.

ESTRELA **NARCISSUS**

Há várias noites que não consigo dormir. Acho que estou com medo de fechar os olhos e não poder mais abri-los para ver a vida passar com a paisagem e o tempo. Penso em não morrer, apesar das tragédias e do absurdo da existência. Um dos meus personagens, que finge adivinhar o futuro, me diz que vou viver por toda a eternidade. O homem inventou o tempo para justificar a eternidade. A memória e o vento sempre trazem lembranças dos dias que ainda não me transcenderam.

> É bom ressaltar que a minha memória é um espaçamento de lembranças circulando por um tempo de esquecimentos. Há dias em que só lembro das coisas que não me fazem retornar no tempo. Outro dia despertei com a sensação de que vivo há séculos e séculos.
>
> Os tempos se perderam? Amanhã, caso ainda esteja por aqui, vou ver o que faço com os tempos e os não tempos. Perco tempo diariamente. Agora vou amanhecer no meio da noite.

Imploro por um pouco mais de luz, mais luz, já que estou prestes a trilhar o infinito vão do meu tempo. Eu só quero um pouco mais de tempo para terminar de desenhar os mapas das estrelas ignoradas por meus ancestrais. Em breve vou amanhecer no meio da noite?

Eu sou a noite do meu tempo. Ainda hoje me pergunto de onde venho e para onde vou. Meus antepassados nunca revelaram a minha estrela-guia.

ESTRELA **CAPELLA**

Desde menino que estou pronto para viver o meu tempo. Nunca fingi ser de outro tempo ou lugar. O tempo é o lugar que sonhamos para habitar. Só os meus personagens podem presenciar as minhas ausências?

Ninguém sabe nada dos nossos sonhos de vida. Muitos sobrevivem dos sonhos dos outros. Às vezes tenho a impressão que a minha existência sempre foi irreal, mesmo sabendo que o sonho é um hábito dos meus personagens e não um tempo da minha fuga. Há dias em que desperto e tenho a sensação de que os meus personagens andam sonhando o meu próprio sonho.

Estou sempre um tempo à frente dos meus personagens, já que nunca esqueço o tempo que já vai longe de mim. Há dias, dependendo da velocidade do vento norte, os meus personagens se escondem atrás dos meus pensamentos diários. Será que os meus personagens pensam viver além do meu tempo? Hoje em dia passo horas e mais horas pensando em nada. Penso em nada.

Será que os meus personagens estão tentando ler os meus pensamentos? Eu pensei que ninguém conseguiria controlar o meu pensamento. Estava enganado. Já não sei o que pensar. Se eu pudesse colocar a mão na consciência sentiria uma imensa dor. Eu devo ter cometido algum crime hediondo para viver nesta solidão.

 Meus personagens acham que o Sol deveria aparecer somente para quem vive na solidão. Quem vive na sua própria luz nunca se sente sozinho. Só os outros nos fazem sentir sozinhos.

 Você já se sentiu sozinho no meio da multidão? A multidão me parece não ser humana, mas um ajuntamento de animais sem rumo ou destino. Quem você pensa que é?

ESTRELA **MAIA**

Meus antepassados não morreram. Eles apenas tornaram-se transparentes, como as estrelas invisíveis que só serão avistadas após a minha morte. Quem são os meus antepassados? Não sei e não quero saber. Antes de chegar ao outro lado do tempo, vou deixar pra trás meus passados e seus contratempos. Estou a um passo do céu? A partir de amanhã, meus sonhos e lembranças vão ficar nas mãos dos personagens e leitores. Vou beber a luz do céu da minha terra para mergulhar nos porões escuros do Inferno. Antes de partir, preciso esclarecer o tempo assombrado dos meus antepassados.

As estrelas me observam de perto. Ouço as estrelas e os vaga-lumes em silêncio. Pela primeira vez olho para elas como se não as reconhecesse. Tento fingir que ainda lembro das estrelas, mas a Estrela Maia foge com a chuva que cai obliquamente entre mim e as nuvens ensolaradas. Por alguns instantes fiquei no escuro.

Será que meu tempo passou em vão? Em breve um Sol lunático vai iluminar meu deserto. Amanhã todos vão descobrir que sou o jardineiro do deserto de Atacama. Meus mortos não vão viver por toda a eternidade porque não aprenderam a falar a língua das estrelas.

Faz uma eternidade que aguardo o dia de amanhã. Há noites que já venho amanhecendo. Não tenho motivos para morrer, mas também não tenho motivos para continuar a viver.

Será que os meus ancestrais foram infelizes porque perderam muito tempo caçando estrelas e galáxias? Meus personagens ainda não aceitaram a minha morte.

Sei que meu tempo já era há séculos. Antes de amanhecer no meio da noite vou caçar as estrelas invisíveis que foram ignoradas por meus antepassados. Já meus antepassados sonhavam em desanoitecerem à luz dia. Meus antepassados reclamam que não conseguem vislumbrar o futuro. As estrelas nunca mais voltarão a renascer nesse tempo excedente dos meus parentes? Seja como for, a maioria dos meus antepassados vão ficar parados esperando o tempo repassar por eles. Eu devo me juntar somente aos que vão nascer após a minha morte.

ESTRELA **SOL**

Há dias mantenho os olhos bem abertos para me acostumar com a penumbra. Em breve a noite vai me transcender de uma vez por todas. Desde ontem sei que o vento vai levar meu tempo. Está quase na hora. Acho que não estive aqui o tempo todo. Há dias decifro os sonhos dos meus antepassados.

Não sei como dizer a eles que o futuro não vai chegar a tempo. Amanhã, quando eu desaparecer na sombra dos meus personagens, meus antepassados vão presenciar pela primeira vez a minha ausência.

Meus personagens foram criados para me representarem a qualquer hora do dia ou da noite. Ninguém vai sentir a minha falta. Antes de partir, preciso consertar o radiotelescópio para que meus leitores ouçam as estrelas e galáxias.

Meus personagens consultam o relógio, mas o tempo parece que não está transcorrendo como antigamente. Hoje em dia tudo parece muito atual. Será que estou vivenciando a eternidade?

Houve um momento em que pensei que eu não era do meu tempo. Vou deixar as janelas abertas para que o sol entre e ilumine todas as sombras dos meus personagens. Amanhã vou vagar pelos arredores da cidade dos meus antepassados. Vou procurar em vão o tempo que já não mais me pertence.

O que me alivia é que depois de amanhã vou vislumbrar a olho nu todas as estrelas invisíveis. Amanhã vou sonhar durante o dia e renascer à noite. Devo transmigrar para o outro lado do tempo antes do sol apagar as estrelas. Amanhã, após uma breve eternidade, vou deixar de existir.

ESTRELA **SYRMA**

Há dias meus personagens estão renascendo, enquanto estou morrendo? O céu é um templo inabitável para os homens da Terra. Amanhã vou virar pó de estrela. Vou amanhecer no outro lado do Universo.

Sei desde sempre que amanhã vou descer os rios que cortam a minha cidade. Devo também atravessar os desertos que margeiam o tempo dos meus antepassados. Estou preparado para esta longa viagem de retorno. Existe um olho d'água no meio do meu deserto. Deve ser por isso que os meus mortos e os pássaros nunca morrem de sede ao sobrevoar os abismos dos céus.

Quem não repara o que ocorre no céu, ignora a passagem do tempo? Há dias sei que meu tempo já era há milênios. Hoje em dia eu só ignoro o futuro porque em breve não vou mais estar por aqui.

Amanhã vou retornar no tempo, quero dizer, vou retornar na escuridão, e esclarecer todos os meus passados. Há dias meus antepassados estão presenciando o meu futuro. Acho que os meus antepassados só querem roubar o meu futuro. Os passados, como os futuros, são imaginados apenas por quem sonha?

Há dias sonho acordado. Amanhã, antes do sol aparecer na linha do horizonte, vou desaparecer no tempo. Amanhã também vou confirmar se estou sonhando ou morrendo. Eu não tenho sonhos. Tudo o que vivi foi imaginado por mim ou sonhado por meus antepassados. Não adianta tentar ouvir os sonhos dos meus antepassados. Já meus personagens fingem dormir para não me acordar.

Será que meus personagens tiveram o mesmo sonho que eu? Ouço os passos deles caminhando em direção ao telescópio para caçar estrelas invisíveis. Ouço também o tempo parado dos meus antepassados, enquanto o tempo do Universo transcorre infinitamente entre o Sol da Terra e as estrelas do sistema extrassolar. Hoje em dia sei que não há como retornar no tempo para reencontrar com os meus antepassados.

ESTRELA **ELECTRA**

Ao falar dos meus personagens, eu sempre lembro de tirar a máscara. Não quero ser confundido com meus personagens ou com meus antepassados.

De vez em quando, no meio da noite, retorno no tempo para tomar sol com os meus personagens nas margens do rio que corta a minha cidade. Engana-se com o destino quem não consegue caminhar para frente sem olhar pra trás.

Hoje em dia meus personagens e leitores já sabem o caminho dos dias de ontem e dos dias de amanhã. Acho que não preciso mais sonhar por mim ou por meus personagens.

Será que os nossos mortos nos aguardam do outro lado do tempo? Eu não sei se alguém vai me esperar, afinal, sempre deixei meus mortos à mercê de seus passados e traças. Não quero reencontrar com os meus antepassados porque eles nunca sonharam com o futuro. Eu não tenho nada a ver com o passado ou o futuro dos meus antecedentes ou descendentes.

Nunca recorri aos parentes ou aos deuses para realizar os meus sonhos. Eu sobrevivi à minha família e aos deuses que nunca sonharam por mim. Sofremos pesadelos por causa dos outros? Antes de acordar, eu sempre peso meus pesadelos. Para mim, o pesadelo é um oráculo.

Eu deveria falar dos sonhos, estes templos de lembranças e adivinhações, mas não consigo esquecer dos pesadelos, esses templos de desmemorias e desilusões. Meus personagens nunca têm pesadelos. Eles já nasceram desiludidos.

ESTRELA **LESATH**

Ontem fui levado para outro tempo por uma chuva de vento. Achei que havia morrido. Descobri o nome de todas as pessoas que vão morrer para que as estrelas renasçam do outro lado do tempo. Encomendei flores para os mortos e canções para as estrelas. Eu não quero morrer como as estrelas para renascer do outro lado do Universo.

Eu quero morrer ao lado dos meus personagens. Há tempos que eles vislumbram em meus olhos as estrelas que foram ignoradas pelos meus ancestrais.

Meus personagens acham que eu inventei a passagem das horas. Será que eles pensam que sou um deus ou um ser desumano? Cada um inventa o seu próprio deus e o seu próprio tempo.

Para mim, o tempo é uma invenção dos memorialistas. Deve ser por isso que os desmemoriados sofrem tanto com a passagem do tempo. De esquecimento em esquecimento vou deixando o tempo pra trás.

O esquecimento é fingimento dos historiadores? Hoje em dia meus personagens só se lembram dos dias que ainda não me transcenderam.

Às vezes adivinho o que meus antepassados já imaginavam há séculos. Também adivinho a estrela que vai morrer amanhã e renascer em outro tempo. Mas nem por isso sou pré-romântico ou hipermoderno. Nunca pensei em baudelairizar a minha vida ou a vida dos meus personagens.

ESTRELA **GOMEISA**

Todo dia percorro o tempo para esclarecer a morte dos meus antepassados ou o nascimento da minha estrela-guia. Eu já conhecia a minha estrela-guia antes de nascer. As estrelas-guias dos meus antepassados eram invisíveis? Creio que as estrelas são os olhos dos meus antepassados. Percorro o tempo abandonado dos meus antepassados para reescrever a história da minha geração. Hoje em dia, as pessoas não têm a mínima noção do que aconteceu ontem ou na semana passada. Vivemos num tempo em que tudo é esquecimento. Tudo é esquecimento. Assim vamos em frente sem olhar pra trás.

Para mim, o passado é a porta de entrada para entender o novo tempo. Para a maioria, o passado não presta pra nada e, por isso, merece ser esquecido pra sempre. Todo dia lembro dos meus esquecimentos.

> Vivemos num tempo em que o passado é apenas o cemitério dos nossos antepassados. Meus personagens estão cientes que para alcançar o destino devem retornar no tempo para reinventar o passado. Eu sempre vislumbrei meu futuro nos sonhos dos meus antepassados. Como se morre sem passado? Como se vive sem futuro?

> Amanhã vou pedir aos deuses, se é que eles ainda continuam vivos, que não me deixem esquecer o que vivi. Enquanto amanhã não chegar, vou mapear as estrelas cruéis que foram esquecidas por meus ancestrais.

Amanhã vou retornar no tempo e voar para além do infinito. Já não era sem tempo. Toda morte e toda vida foram previstas por uma estrela ou por uma galáxia. Nunca pensei em reviver a minha vida ou reescrever a história dos meus antepassados.

Acho perda de tempo recontar a vida dos outros. Há uns e outros que escrevem para aqueles que ainda não nasceram? Eu só escrevo para quem ainda não está morto.

ESTRELA **NIHAL**

Meus antepassados plantaram vento e agora querem viver o meu tempo. O vento canta a música de todos os tempos? O tempo é um deus para os meus antepassados. Quando morremos antes da hora renascemos mais rapidamente do outro lado do tempo? Os tempos estão sempre circulando entre mim e meus antepassados. Tem gente que só vive do passado. Meus personagens sabem que tudo acontece no tempo presente.

Em breve vou ser contemporâneo daqueles que ainda não nasceram. Eu sempre fui do meu tempo e de mais ninguém. Há dias tento fugir dessa noite que me transcende desde menino.

> Agora vou refazer os mapas celestes desenhados por meus antepassados. Nascemos sob a luz das estrelas ou sob a sombra do Sol. Há dias trago um Sol dentro de mim.
>
> A incidência da luz, às vezes, é tanta que uns e outros nascem cegos. É lógico que muitos veem as coisas, mas não enxergam um palmo além do nariz. O céu também está repleto de estrelas cegas.

Certas pessoas passam toda a vida fora do tempo. Meus personagens só vão viver plenamente na hora em que eu já não mais estiver por aqui. Meus antepassados estão aqui há séculos, mas há dias tenho a sensação que eles se perderem no tempo.

Em breve vou me transformar em poeira de estrela. Vou chegar do outro lado do tempo antes dos meus antepassados? Há séculos tenho a impressão de que meus antepassados pararam no tempo. Ainda hoje, eles pensam que existe um caminho de volta. Não há como retornar no tempo após ultrapassarmos a linha do horizonte.

ESTRELA **ALPHA CENTAURI**

Desde menino que aguardo esta vasta e escura noite, terra onde habitam as sombras dos meus antepassados. Há dias meus personagens velam o meu corpo. Eles acham que a minha alma vai iluminar os porões dos céus. Ainda não encontrei com os anjos. Será que os anjos é uma miragem dos cegos de espírito?

Não preciso de anjos ou santos para me guiar rumo ao infinito, já que conheço a minha estrela-guia. Você já ouviu a voz de algum ser do além? Meus personagens pensam que quase todos os habitantes da Terra estão surdos.

Eu ouço e vejo muito bem e, por isso, sei que os seres celestes são um vislumbre que ocorre durante o sono. Meus personagens quase não dormem. Eles sabem que o sono é a porta de entrada da morte. Conheço todos aqueles que ainda não nasceram. A morte é sempre outro tempo da própria existência.

Aprendi com as estrelas que nós morremos para que elas renasçam em outro tempo do Universo. Será que eu já virei pó de estrela? Eu pretendo morrer como os rios no fundo do mar.

Amanhã vou desaguar no mar. Amanhã, quando os meus personagens olharem para o mar, vão ouvir as canções que deixei de compor. Meus personagens dizem que um dia vou retornar a Terra com o Sol que costuma morrer dentro do mar. Acho que devo retornar com a nuvem, essa chuva de vento que sempre traz lembranças. Ainda lembro do dia em que descobri o Sol inventando suas sombras e seus entretempos.

Antes de retornar a Terra ou ao Céu, devo reinventar a passagem das horas. Todos nós somos atemporais, me diz um dos meus personagens que afirma não ser do nosso tempo.

ESTRELA **EZ AQUARII**

Há séculos que meus antepassados foram para além do tempo. Eu sempre adivinho o meu futuro no tempo dos meus antepassados. Às vezes tenho a sensação de que os antepassados querem me roubar o tempo que ainda me resta. Eu só tenho medo de morrer antes de mapear as estrelas que nasceram depois dos meus antepassados.

Será que preciso voltar ao planetário para rever as estrelas que estão prestes a desaparecer no infinito vão do tempo? Estrelas nunca morrem. Elas apenas transmigram para o outro lado do tempo. Será que o Sol do outro Universo é só uma invenção das estrelas cegas?

Preciso consertar meu telescópio antes de atravessar esta vasta noite que me transcende há tempos. Todo dia anoiteço um tempo antes do pôr do sol. Amanhã vou virar pó de estrela. Não pretendo ser enterrado no jardim abandonado dos meus antepassados. Há dias em que tenho a sensação de que nasci há séculos. Meus antepassados morrem de saudade do futuro?

> Amanhã, antes do sol se espalhar no céu dos pássaros, os ventos que não sabem de onde vêm, vão me levar para além do tempo dos meus antepassados. Já o passado dos meus antepassados não

vai levá-los a lugar nenhum. Espero que as nuvens não venham com chuvas nem lembranças. Eu sei que o meu tempo está prestes a passar da hora.

Não vou retornar no tempo para adiar a minha partida. Há milênios sei que a vida é breve. Eu podia ter sonhado menos e vivido mais? Amanhã pela manhã vou confirmar se estou sonhando ou morrendo. Um dia as estrelas invisíveis serão vislumbradas por todo mundo?

Não posso morrer antes de mapear as estrelas cruéis e distantes que foram ignoradas por meus ancestrais. Preciso mover o Sol para que as estrelas não se apaguem ao meio-dia.

ESTRELA **SARGAS**

Ontem passei horas e mais horas sentado com os meus personagens à beira do rio que corta a minha cidade. O que será deles quando eu não mais estiver por aqui?

Acho que vou deixar para eles os mapas astronômicos dos meus antepassados e os sonhos não sonhados dos meus contemporâneos. Meus personagens só sonham quando estão acordados. Ontem orientei os meus personagens a não se desviarem do destino que foi traçado há milhares de anos pelas estrelas.

> Amanhã vou me abstrair no tempo, este espaço perdido do infinito. Mas antes de transmigrar para o outro lado do Universo, vou retornar com a Estrela Sargas à minha perdida infância. *A noite de um iluminado* é uma versão do Universo narrada por meus personagens e não por meus antepassados.
>
> Às vezes tenho a sensação de que estou retornando no tempo ou sonhando com o outro lado do Universo. Será que nesta vida tudo é sonho? Amanhã os meus sonhos serão imaginados por meus personagens e vividos por meus antepassados.

Não, não quero levar meus sonhos nem lembranças. Há dias não perco mais tempo sonhando com o mundo ou me lembrando de quem já se esqueceu de mim. Preciso lembrar das horas em que o Sol se levanta para acordar dentro da Via Láctea. Não quero ser acordado no meio da noite ou ao meio-dia. Estou rodeando o tempo dos céus e de mais ninguém. Os deuses nunca me ensinaram o caminho dos céus.

Meus personagens conseguem ver os deuses que não existem. Eu não vejo quase nada além das nuvens, já que sofro de miopia e astigmatismo. Avisto as estrelas invisíveis porque herdei dos meus antepassados o telescópio de Galileu.

Há noites em que piso em nuvens ensolaradas para não perturbar o sono das estrelas invisíveis. Meus antepassados lançam luzes instáveis nas margens do sistema extrassolar para tentar me localizar. Eles pensam que vão se reconhecer em mim o ser ideal que deveriam ter sido. Eu não consigo me habituar com a ideia de reencontrar com meus parentes após tantos anos-luz de distância. Há tempos é noite? É noite, mas está tudo claro.

ESTRELA **ALPHA SERPENTIS**

Escrevo *A noite de um iluminado* para esquecer dos meus antepassados e para me lembrar de quem eu poderia ter sido e não fui. A memória é a radiografia do futuro. Se eu já soubesse tudo sobre o futuro, não precisaria rememorar o passado. Sei que amanhã as estrelas mortas vão renascer nas margens dos céus após eu atravessar o tempo que vai me levar para o outro lado do Universo. Vou deixar os meus personagens vivendo a minha vida.

Será que as estrelas invisíveis que cacei por toda a minha vida vão ser vistas à luz do dia? Meus personagens acham que os meus mapas celestes vão clarear os caminhos dos cegos e sonorizar os tempos dos surdos.

Em breve vou me abismar entre as nuvens do meu tempo. Será que um dia vou retornar com os pássaros? Meus personagens pensam que eu sou um Sol ou um deus que nunca vai morrer. Há dias em que desperto e não sei se sou eu ou os personagens que estão sonhando. O sonho é um pensamento solar. Ouço atentamente o pensamento quando sonho ou quando mergulho no Sol.

Sonho com estrelas que foram enterradas por astrônomos e astrólogos. O que é transitório da Terra é permanente do outro lado do tempo? Hoje em dia sei que as estrelas são desenterradas a qualquer momento do dia.

As estrelas são os olhos dos mortos? Meus mortos continuam vivos, graças a mim e aos meus personagens. Mais cedo ou mais tarde vou reencontrar meus antepassados no infinito vão do tempo. Às vezes tenho a sensação de que os mortos estão desenterrando o tempo para viver a minha vida.

Meus mortos ainda falam comigo, apesar de que há séculos não os entrevejo entre as nuvens ou as lembranças. Como não perder de vista os nossos mortos? Às vezes tenho a impressão de que alguns mortos não morreram.

ESTRELA **ALMAAZ**

Ontem desenterrei estrelas à luz do dia. Há dias chove a cântaros no jardim abandonado dos meus antepassados. Será que estou vivenciando o primeiro dia da eternidade? Há noites é dia.

Há dias em que tenho a sensação de que os meus antepassados nunca sonharam com o meu futuro. Amanhã é uma promessa dos deuses?

> Desde menino que sou do meu tempo. O tempo, esse instante em que anoiteço diariamente. Amanhã vou amanhecer do outro lado do Universo? Em breve não estarei mais por aqui. Um dia vou retornar no tempo para que os meus antepassados renasçam das cinzas. Todo dia os meus personagens correm dos meus passados. Será que os meus personagens estão vivendo a minha vida? Ou seriam os meus antepassados que estão inventando o meu presente?
>
> Meus personagens pensam que o Universo é uma invenção dos astrofísicos ou dos metafísicos. A metafísica é uma ciência dos místicos. Todo dia desperto para desmistificar os mitos. O mito é o arquétipo do homem.

Há dias em me afasto de mim para me aproximar dos meus personagens. Eles só correm de mim quando paro no tempo para reparar as minhas sombras. O espaço é do vivo e o tempo é do morto? Meus personagens não gostam de sombras nem de fantasmas.

Sei como matar fantasmas, mas ainda não aprendi como me esconder das minhas sombras. Amanhã vou deixar as minhas sombras fazendo companhia aos meus personagens. Daqui posso avistar as miragens de luz das estrelas invisíveis amanhecendo do outro lado do Universo. É noite plena, mas está tudo claro.

ESTRELA **OKUL**

Minhas estrelas invisíveis morreram com meus antepassados, mas elas renascerão com meus personagens nos céus da Terra. Escrevo porque não consigo vislumbrar as estrelas invisíveis que amanhecem no meio da minha noite. Um dia, essa vasta e eterna noite vai me transcender. Amanhã vou seguir o rastro das estrelas de Orion para me reencontrar no outro lado do tempo.

Hoje à noite vou mapear todas as estrelas ignoradas por meus ancestrais. Há dias meus personagens fingem não ser do nosso tempo.

O personagem é um mascarado que sonha para desvendar a realidade do leitor. Minha realidade não pertence a ninguém. Outro dia acordei no meio da noite para que os meus personagens não pegassem carona em meu sonho. Amanhã vou deixar de me sonhar? O sonhador é cego e, por isso, não consegue deslumbrar a realidade. Meus personagens sabem que o sonho não passa de um exercício da imaginação. Às vezes sonho só para regressar aos tempos que nunca me transcenderam. Será que um dia terei que reviver os não tempos dos meus antepassados?

Há dias em que é preciso esquecer todos os passados. Os atores lembram-me meus antepassados. Eles também usavam máscaras para se esconderem dos seus passados. Desde menino que me desiludo com a luz do sol ou da lua. No fundo dessa prolongada noite encontram-se os dias que deixei de viver? Há dias descobri que trago dentro de mim o Sol dos meus antepassados. Todo dia esse Sol me ajuda a vislumbrar o meu futuro.

O que é diário para os meus antepassados nunca anoitece? Às vezes tenho a sensação de que os meus antepassados pararam no tempo. Já meus personagens correm todo dia do tempo parado.

O tempo é só um espaço do imaginário. A partir de amanhã, vou habitar um tempo e não mais um espaço. Há dias meus personagens vêm tentando esconder o tempo para que a noite não me transcenda de uma hora pra outra. Todos vão ver com os seus próprios olhos que amanheci no meio da noite. Nunca mais voltarei a caçar as estrelas invisíveis que foram apagadas dos céus pelos astrólogos e astrônomos. Amanhã a minha estrela solitária vai abrir caminhos de luz sobre a Terra.

ESTRELA **DELTA URSAE MINORIS**

Não gosto de perder tempo com as recordações nem imaginar as realidades através do sonho. Minhas lembranças não se perderam e meus sonhos não envelheceram. Não sei do que se trata o sonho e também não me importo com a realidade. O que importa é a imaginação e não a razão.

No entanto, eu e meus personagens não temos motivos para perder a razão. Os loucos nunca querem saber porque perderam a razão. Enlouquecer é esquecer de si mesmo em frente ao espelho? Quem eu vejo no espelho?

Eu sei quem são os meus personagens, mas eles não sabem quem eu sou. Entre mim e eles, encontram-se meus fantasmas e meus antepassados. Há dias, dependendo da velocidade da luz da lua, meus personagens conversam com fantasmas.

Eu tenho um fantasma para cada um dos meus antepassados. Eu já não tenho mais tempo para perder com os meus passados. Amanhã vou deixar para trás os meus dias de ontem. Há tempos aguardo atravessar essa vasta e eterna noite.

Estou me preparando para amanhecer no meio da noite. Meus personagens foram criados para não revelar a minha ausência? Em breve eles vão viver a minha vida.

O personagem é um inventor de sonhos. Há dias em que desperto e não sei se estou sonhando ou morrendo. É dia, mas está tudo escuro? Está tudo claro! A morte é um tempo excedente do esquecimento? Quem vai esquecer de mim que guardo todas as lembranças?

Todo dia meus personagens me lembram dos meus antepassados. Pode-se afirmar que meus antepassados tentaram reescrever a história da humanidade. Há dias em que medito para esquecer da tragédia vivida por meus ancestrais. Deve ser por isso que não gosto de retornar no tempo e muito menos à minha cidade. Já bastam os fantasmas que me acompanham diariamente.

ESTRELA **ALPHA PERSEI**

A noite seria o dia do outro lado do Universo? Em breve não vou mais precisar sonhar com os meus antepassados para descobrir meu futuro. Devo ao presente a minha eternidade. Deixo aos meus personagens o tempo que já me transcendeu.

A noite é sempre um tempo a ser esclarecido. Sonho amanhecer no meio da noite para acordar os meus antepassados. Será que eles vão dormir por toda a eternidade? Meus antepassados nunca sonharam em acordar no futuro.

Não gosto de perder tempo ouvindo os meus antepassados falando do futuro que eles não conquistaram ou da vida que gostariam de ter levado. Há um tempo que só pertence ao nosso futuro. Eu sou o futuro dos meus antepassados. Amanhã vou me recordar das estrelas invisíveis que não fui capaz de vislumbrar. Agora vou mapear as estrelas amanhecidas antes que seja tarde demais.

Há dias em que tenho a sensação de que uma manhã já é um tempo do outro mundo. Todo mundo é também um não tempo? Em breve vou retornar com os pássaros para o espaço sem tempo. O tempo é sempre um espaço imaginário do pensamento. A escuridão da noite sempre me ajuda a clarear os pensamentos. Mas há dias que os mortos se insinuam em meus pensamentos. O que poderia pensar sobre meus mortos? A morte é sempre impensável.

Será que vai amanhecer antes que eu consiga mapear todas as estrelas invisíveis? Meus personagens são guiados por estrelas mapeadas por meus antepassados. Amanhã vou viver o primeiro dia da eternidade? O Sol começa a incendiar as nuvens que não sei de onde vêm nem para onde vão. Em breve devo atravessar o meu tempo para chegar do outro lado do Universo? Quando morremos, as estrelas renascem para além do tempo extrassolar.

ESTRELA **MU**

Acho que há dias venho amanhecendo no meio da noite. Só os meus personagens vão presenciar as minhas prolongadas ausências. Imagino tudo o que ainda não existe. Perdi todas as lembranças dos meus antepassados. Guardo apenas uma fotografia em preto e branco dos meus parentes, mas é impossível reconhecê-los. A fotografia amarelou-se com o passar do tempo. Pode-se apenas vislumbrar olhares antigos e quase apagados. A esperança dos meus antepassados é viver o meu futuro.

> Meus personagens pensam que meus antepassados terão futuro porque estou mapeando as estrelas ignoradas por eles. Há dias acordo com o vento norte trazendo chuvas e lembranças de lugares que jamais habitei. Habito um tempo e não um espaço.
>
> Deve ser por isso que às vezes esqueço o nome do rio que corta a cidade em que nasci. Conta-se que o meu pai morreu antes do meu nascimento. Há dias em que morro de saudade do pai que não conheci.

Fecho as janelas, mas o vento entra pelas gretas das portas anunciando um novo dia. Há dias em que não há como fugir do vento que retorna das profundezas do tempo trazendo sonhos e lembranças. Evito lembranças para não sofrer alucinações. Será que meus antepassados pararam no tempo? Aprendi ainda menino a retornar dos confins do além.

Meus antepassados viveram somente o tempo deles, mas chamam isso de eternidade. Como é que faço para descer da eternidade? Vou analisar os meteoritos que estão atravessando a atmosfera da Terra para ver se é possível retornar no tempo e, assim, fugir da eternidade. Há dias tenho a sensação de que *ainda* não morri.

ESTRELA **SHAULA**

Em breve as minhas estrelas invisíveis vão lançar luzes para iluminar os céus da Terra e de outros planetas. Ontem observei a explosão de uma estrela supernova em uma galáxia muito próxima a Terra. Quase me ceguei, já que ela é 50 vezes mais luminosa do que o Sol. Será que a explosão desta estrela ocorreu para iluminar o caminho que vou percorrer para chegar do outro lado do Universo?

Acordei sobressaltado com a possibilidade de já ter morrido. Isto é um absurdo! Ninguém morre antes da hora traçada por sua estrela-guia. Morremos para que as estrelas renasçam.

Só vou confirmar a minha transmigração para outro tempo depois que o Sol se levantar para apagar todas as estrelas. Há noites sou o Sol do meu tempo. Acho que o tempo já está quase me transcendendo.

Não adianta forçar a memória para me lembrar de todas as minhas vidas passadas. Não sou médium para retornar no tempo e reviver a vida dos meus antepassados.

Será que estou morrendo ou sonhando? Eu sempre desconfiei dos sonhadores e adivinhadores. Só me resta atravessar o meu tempo para tentar chegar do outro lado do Universo.

Será que alguém nos aguarda na beira ensolarada do céu ou nas margens do rio do tempo? Há dias em que meus personagens despertam antes de mim. Acho que vou pular do sonho.

ESTRELA **GAMMA LIBRAE**

Há tempos ouço a música das estrelas invisíveis. Músicas são planetas. Lembro da primeira vez que ouvi a música da chuva dentro das nuvens. Talvez a chuva seja a música mais antiga dos céus.

Ainda não sei o que permanecerá da Terra em mim após transmigrar para o outro lado do Universo. Há dias é noite. É noite, mas está tudo está claro. Vou amanhecer antes do amanhecer.

Preciso consertar urgentemente o meu astrolábio de prisma, instrumento astronômico capaz de determinar simultaneamente a latitude e a hora pela observação do instante em que várias estrelas atingem a mesma altura. Neste exato instante devo amanhecer no meio da noite.

    Será que nossos antepassados nos aguardam em outro tempo? Em minha morte está a minha vida? Há dias ouço o rumor da morte. Há dias deslumbro-me da luz que reflete os olhos dos meus personagens. Não tem sentido meus personagens viverem a minha vida num outro espaço de tempo.

    Foi-se o meu tempo. Acho um contratempo continuar convivendo com os meus mortos. O sonho dos mortos é viver a nossa vida. Conta-se que os meus antepassados foram cremados e as cinzas enterradas na curva do rio que corta a minha cidade. Por que não jogaram as cinzas ao vento que traz chuvas e lembranças? Deve ser por isso que o rio que corta a minha cidade secou há décadas. Alguém da minha cidade ainda se lembra dos meus antepassados?

Desde menino que estudo a geografia dos céus. Deve ser por isso que nunca me perco quando retorno no tempo. Os pássaros migratórios vão trazer de volta somente os meus antepassados que vislumbraram em pleno dia as estrelas invisíveis. Nunca mais verei meus personagens, já que estou a caminho de outra galáxia.

Há tempos presencio o renascimento das estrelas à luz do dia. Os abismos solares estão fervilhando de mortos. Nós morremos para que as estrelas renasçam do outro lado do tempo.

ESTRELA **LA SUPERBA**

Há dias atravesso essa noite claramente azul. Ontem sobrevoei o planeta Vênus rumo ao meu destino. Não pousei por lá, já que as temperaturas na superfície chegam a 470°, calor suficiente para derreter uma barra de ferro. Achei que estava retornando a Terra, afinal, o tamanho e a composição deste planeta se assemelha muito a Terra. Fiquei com a impressão de que o planeta Vênus já fora banhado por oceanos nos primeiros anos de formação do sistema solar.

>Reparo que as estrelas mudam de lugar para me fazer companhia. Não há como sentir solidão nesse tempo estrelado que me transcende há anos-luz. Agora sei que não estou perdido no cosmo. Estou no mesmo plano das estrelas que giram nas margens do sistema solar.
>
>Ainda não consegui descobrir o que havia no cosmo antes do *big-bang*, esse "falso vácuo" que propiciou o surgimento do Universo. Estou tentando retroceder a um décimo milionésimo de segundo antes do momento da criação.

Atravessei o tempo original, mas não encontrei com Deus ou outros seres extraterrestres que possam me explicar o surgimento do Universo. Ouço um som próximo e contínuo no meio das nuvens que circulam entre a Terra e Saturno. Será que vou presenciar o renascimento da estrela que morreu no dia do meu nascimento? Estrelas renascem em todos os tempos.

Não estou delirando com os reflexos da luz que emana das estrelas. Às vezes tenho a sensação de que estou presenciando outros *big-bangs* nessa imensa extensão da eternidade.

Sigo em frente para medir o tempo daqueles que vão nascer após a minha morte. Vejo de longe que o Sol dos meus antepassados se foi para outro tempo. Meus personagens não terão mais que sonhar o futuro dos meus antepassados

ESTRELA **TABBY**

A noite é o meu tempo e o meu caminho para esclarecer a natureza misteriosa e circular da eternidade. Acho que só vou desvendar a eternidade após descobrir de onde surgiu a luz que se deslocou por bilhões de anos para iluminar o Universo. Estou retornando no tempo?

Ainda não sei se vou conseguir medir todo o espaço que compõe o metauniverso, este Universo não visível. Talvez as estrelas invisíveis que cataloguei durante toda a vida possa me levar para esse espaço adicional do além.

Lembro do tempo que vasculhava o céu para tentar localizar os meus antepassados, mas só avistava as galáxias distantes e os buracos negros. Talvez os meus antepassados habitem algum ponto além do planeta Urano. Estou há poucos anos-luz de um planeta ainda não descoberto pelos astrônomos, mas ele é quase invisível, já que a luz solar recebida por ele não é muito intensa. Será que os meus antepassados habitam os arredores deste planeta que está a mais ou menos 8 trilhões de quilômetros da Terra?

> Há dias a minha noite continua a brilhar com suas estrelas misteriosas. Será que os meus antepassados desapareceram como os deuses em meio a nuvens de outros tempos? Há séculos que eles

pararam no tempo. Lembro de alguns parentes que pensavam serem deuses, mas não passavam de pobres diabos.

Ainda não sei se eles precisam de alguma ajuda da gravidade para morar na tenda cósmica. Cada um é o que é aqui ou além. Meus antepassados devem estar perdidos no espaço porque não mapearam as mais de noventa luas que circulam pelo sistema solar.

Meus antepassados podem estar também no rastro de algum cometa que se desloca muito devagar, a apenas uns 350 quilômetros por hora. Ainda lembro do tempo em que os meus parentes seguiam os lentos passos da tartaruga para retornar no tempo. Eles nunca tiveram pressa para alcançar o destino. Talvez alguma nova estrela ou uma supernova possa iluminar o espaçamento em que os meus antepassados adormeceram pra sempre. As estrelas supernovas podem brilhar por bilhões de anos e, quem sabe, uma delas possa revelar o paradeiro dos meus antepassados nos arredores de alguma galáxia perdida no outro lado do Universo.

ESTRELA **BETA LYRAE**

Não estou perdido na eternidade. Fixo estrelas além do horizonte para não retornar no tempo. Todos deveriam seguir seu caminho, em vez de ficar parado esperando o tempo passar. Pretendo chegar ao meu destino antes das pessoas que nasceram depois da minha morte. Pretendo nunca mais morrer.

> Estou tão próximo de mim que, às vezes, tenho a impressão que poderia não ter nascido. Toda noite renasço diariamente. Já me acostumei com as explosões das estrelas e com seus raios cósmicos produzindo auroras espetaculares.
>
> Aprendi a me proteger dos raios ultravioletas à medida que me deslocava no espaço já habitado pelas estrelas invisíveis que descobri no tempo em que mapeava o céu da minha cidade. Ontem avistei reflexos da Estrela Nebulosa de Câncer que explodiu em 1054.

Ainda não sei quantos milhões de anos-luz de distância estou da Terra. Estou a caminho do meu tempo? Outro dia passei pela trilha extrassolar aberta pelos cometas e meteoritos que levaram água para encher os oceanos. Esta mesma trilha pode ser avistada nos arredores da Lua. Deve ser por isso que os astrônomos afirmam que a Lua já foi banhada por oceanos. Hoje em dia entendo porque tudo se iluminou de uma hora pra outra na Terra.

O tempo por aqui é variável e está sempre mudando, como na Terra. O que nos diferencia é a gravidade, já que os mortos estão sempre no ar. É lógico que a maioria dos mortos vive apenas nos arredores da Via Láctea. Ontem segui uma nebulosa em direção a uma galáxia independente, conhecida como Universo-ilha.

Será que estou indo rumo ao espaço onde o Universo começou? Há dias, dependendo da velocidade da luz do sol, tenho a sensação de que o Universo não teve um começo.

ESTRELA **ALPHA LEPORIS**

Todo dia o tempo me escapa apesar de estar atento ao giro das estrelas e galáxias. Aqui não se contam as horas nem os dias. Tudo é passageiro e, ao mesmo tempo, eterno. A noite lentamente azul me leva para onde a minha estrela-guia renasceu? Nós morremos para que as estrelas renasçam do outro lado do Universo.

Vejo claramente que os meus mortos ainda não conseguem vislumbrar as estrelas invisíveis que descobri para me localizar. Será que eles se perderam no infinito vão do tempo?

Há séculos não preciso mais clarear os meus dias escuros. Já não me iludo com a claridade aparente da minha eterna noite. Hoje em dia conheço as estrelas que giram ao redor do meu tempo e, por isso, às vezes ultrapasso a velocidade da luz. Não vejo a hora de chegar do outro lado do Universo. Um bando de pássaros migratórios passou voando na velocidade da luz da lua. Talvez eles estejam retornando para as margens do rio que corta a minha cidade.

Ontem avistei muitos asteroides, estes objetos rochosos que orbitam entre Marte e Júpiter. Os astrônomos pensam que um dia vão colonizar Marte. Muitos cientistas afirmam que Marte abrigou alguma vida, já que a passagem das estações assemelha-se à da Terra. Será que os cientistas planetários são marcianos? Vejo de longe uma espaçonave da Terra, mas sigo em frente sem olhar pra trás. Aprendi a medir a velocidade dos ventos para não ter que retornar no tempo dos meus antepassados.

Os terráqueos podem ficar tranquilos porque não há nenhum cometa ou asteroide prestes a adentrar a atmosfera da Terra. Talvez no ano de 3013 os seres humanos possam testemunhar uma colisão cósmica. É lógico que algum planeta pode engolir esses cometas e meteoritos antes de se chocarem com a Terra. Que as galáxias me recebam do outro lado do Universo e me deixem viver em paz o tempo dos que renascem com a morte das estrelas.

ESTRELA **EPSILON CARINAE**

A luz do tempo dos meus antepassados apagou-se. Abro os olhos e só vejo a escuridão. Hoje em dia meus antepassados não passam de seres perdidos no vão do tempo. Escrevo para narrar o futuro dos meus antepassados. Só e eu meus personagens podem vislumbrar as estrelas que renasceram após a morte dos meus parentes. Há noites, dependendo da velocidade da luz lunar, vejo os mortos recentes voando nas margens do céu aparentemente azul. Ninguém sabe explicar a viagem ao redor do tempo, já que aqui não se contam as horas nem os dias. Às vezes me pergunto quando essa eterna noite que me transcende vai passar. Um dia o tempo vai parar de passar?

Avanço alguns milhões de anos para não perder a influência gravitacional da Lua ou então poderei ficar oscilando de um lado para outro, como os meus antepassados que praticamente pararam no tempo. Em breve vou atravessar todo o meu tempo para chegar do outro lado do Universo.

Há tempos-luz presencio a aurora da minha nova vida. Ouço nitidamente a música das esferas. Gosto de ouvir os sons ou as ressonâncias que reverberam dos anéis de Saturno. Os anéis sempre me lembram do surgimento dos planetas que ocorreram há 5 bilhões de anos em torno do Sol. Os anéis de Saturno interligam o nosso sistema solar com outros sistemas extrassolares em formação. Deve ser por isso que amanheci no meio da noite.

 Há anos-luz avistei um cometa, este pequeno corpo gelado que gira em torno do Sol, numa órbita altamente elíptica. O cometa muda de aspecto ao se aproximar do Sol e começa emitir jatos de gás e poeira. Afastei-me rapidamente para não ser envenenado por este gás que permanece por muito tempo na superfície do cosmo.

 Será que a minha estrela-guia já se encontra do outro lado do Sol? Estou sentindo muito frio. Será que é porque o vento que está me trespassando vem dos arredores de onde vivem os meus antepassados?

Acho que eles retornaram no tempo. Não vou retornar 60 milhões de anos para reencontrar com os meus antepassados. Sigo os reflexos do sol que se espelha em Vênus para girar em torno do meu tempo e me aproximar do meu destino. Daqui posso ver o Sol como um círculo incandescente no céu da Terra. O céu foi criado para hospedar as estrelas que já existiam antes do surgimento do tempo? Fecho os olhos para rever apenas as estrelas invisíveis que cacei durante toda a vida. Sobre o meu tempo já paira a luz da manhã do outro lado do Universo. As estrelas invisíveis vão me levar para o tempo prometido.

ESTRELA **ETA LEONIS**

Ontem aproveitei o alinhamento de todas as estrelas para transcender o meu tempo e chegar do outro lado do Universo. As estrelas invisíveis que foram mapeadas por mim serão visíveis para sempre. Ouço os ventos remotos levando para longe de mim os tempos recentes dos meus antepassados.

Há anos-luz não tenho mais tempo para os meus passados. Sei que os meus antepassados são leves e levianos como as nuvens passageiras. Sei também que eles já não habitam a Terra. Os homens são iguais na Terra ou nos confins do além. É lógico que nem todos renasçam do outro lado do tempo.

Conheço mortos que só pensam em matar os vivos, como se isso fosse levá-los a reviver uma vida que já era há séculos. Nem todo mundo renasce com a morte de uma estrela. Ouço de longe o grito dos mortos que não vão renascer. Ouço também de longe os ventos da minha nova vida que se iniciou no instante em que amanheci no meio da noite. É noite, mas está tudo claro.

Transfigurei-me noturnamente para não apagar o Sol que trago dentro de mim. Durante muito tempo, à luz dos meus sonhos, imaginei viver além das nuvens. Os ventos estão ao meu favor e, por isso, estou protegido contra os meus antepassados. Meus antepassados querem me encontrar apenas para confirmar que tinham futuro. Agora é tarde.

Nunca mais vou rever a cidade entrevada dos meus antepassados. Não adianta confabular com os deuses para tentar retornar no tempo. Há milênios-luz que os deuses estão mortos. Meus antepassados mataram meus deuses? Deve ser por isso que já nasci desiludido.

Eu vi os últimos deuses noturnos morrerem à luz do dia. Será que os meus antepassados achavam que eram deuses?

ESTRELA **GAMMA VELORUM**

Quando criança eu sonhava voar. Agora estou tão longe de tudo o que me ocorreu na infância. Só me restam as nuvens que trazem chuvas e lembranças. Mas o que sei eu dos esquecimentos e do Sol? Lembro do Sol se levantando e despertando as sombras dos meus personagens. Há anos-luz perdi de vista as trilhas abertas pelo Sol. Hoje em dia vivo da luz que irradia dos olhos dos meus antepassados. Isto não que dizer que retornei no tempo para refazer a trilha dos meus passados.

Prefiro viver na escuridão a ter que reviver os dias claros dos meus passados. Sigo o rastro da minha estrela-guia que deve renascer do outro lado do tempo com os primeiros raios de luz da manhã.

Minha vida assombrada está enterrada no jardim dos girassóis. Há dias me encontro no tempo infinito das noites, apesar dos meus personagens afirmarem que eu sou um ser iluminado. Acho que eles estão impressionados por eu amanhecer no meio da noite.

Há noites em que meus personagens passam horas e mais horas reparando a movimentação do céu para tentar vislumbrar as estrelas invisíveis que foram mapeadas por mim. Para ver as estrelas invisíveis, é preciso voar ao lado de um raio de luz. Deve ser por isso que hoje em dia avanço no tempo, enquanto o tempo retarda-se para os meus antepassados.

Não há como retornar no tempo para ajudar os meus antepassados a esclarecer os mistérios do céu. Estou muito longe da Terra, sobrevoando o hiperespaço de um universo paralelo. Vivo sob uma nova ordem de planetas.

Acho que assimilei a luz das estrelas e hoje em dia sou invisível para os meus antepassados. Será que um dia os meus antepassados vão brilhar na luz do ocaso como se fossem estrelas perdidas no tempo? Acho que eles não calcularam o tempo que deveriam percorrer entre a vida e a eternidade.

EPÍLOGO
CONSTELAÇÃO **CAPRICORNUS**

    Estou aliviado em saber que aqui não há Inferno, Purgatório ou Paraíso. As pessoas não vêm o que olham, mas o que imaginam. Minhas personagens não demoraram muito para perceber que eu já não estava mais na Terra. Há dias tenho a sensação de estar vivendo dentro do tempo e não dentro do espaço. Nunca estive tão longe de quem eu poderia ter sido e não fui e tão próximo de mim.

    Será que estou vivenciando a eternidade inventada por nossos ancestrais? Agora sei que o tempo é circular e, portanto, nunca para nem por um milésimo de instante.

    Sei também que a qualquer hora devo me reencontrar com os meus mortos. Meu sonho é desaparecer no espaço atemporal da eternidade. Ninguém sabe me responder se isso é possível ocorrer do outro lado do Universo. Às vezes tenho a impressão de que não estou em lugar algum e que tudo vai se expirar em alguns instantes. Será que a morte é uma ilusão, como a vida? Acho que a morte acabou me salvando da vida.

    Será que algum vivo anda pensando que a vida vai salvá-lo do destino traçado há milhares de anos pelas estrelas? No fim, seguimos o mesmo destino traçado pelos astros. É lógico que uns permanecem enterrados em seus sonhos, enquanto outros sobrevoam seus pesadelos. O sonho é um pensamento dos iludidos, enquanto o pesadelo é um sentimento dos desiludidos. Iludidos e desiludidos se reencontram nos abismos ou nos descampados dos céus? Acho que não estou perdido no tempo, já que avisto reflexos das estrelas que se extinguiram há milênios. Há noites em que tenho a sensação de que estas estrelas vão renascer com a minha morte.

Há muitos dia-luz atravessei a natureza do tempo que me transcendeu nessa distante galáxia. Aqui não se contam as horas, já que temos todo o tempo do mundo. Para chegar aqui, é preciso lembrar de tudo o que ainda vai ocorrer ao redor do mundo. Cada morto imagina a sua própria realidade extrassolar. Aqui não precisamos sonhar para fugirmos da realidade inventada pelos nossos antepassados. A morte já é uma realização. Com a passagem do tempo, os mortos transformam-se em estrelas invisíveis.

Aqui ninguém nunca morre. Nós apenas transmigramos da Terra para outros planetas. Hoje em dia sou avistado como uma estrela que irradia luz, mesmo após o meu desaparecimento na curva do tempo.

A todos e a ninguém

POSFÁCIO
MÁQUINA **CELESTE**

Raul Antelo

> Solitude, recife, estrela
> A não importa o que há no fim de
> Um branco afã de nossa vela.
>
> *Stéphane Mallarmé* – Salut.

A noite de um iluminado, de Pedro Maciel, pertence ao gênero das considerações. *Cum sidera.* Com as estrelas. Manifesta uma pulverização do cosmo, decomposto em mil planetas (esta palavra, em grego, quer dizer *errante*); mas mostra, paralelamente, uma cosmética da poeira, um arranjo de cada parte disseminada, conformando uma máquina celeste composta de setenta e três peças[1]. A seu modo, é um exercício daquilo que Blanchot chamava de escrita do desastre. *Des-astre:* o momento em que o homem deixa de ser conduzido pelo Absoluto dos astros, pelo Altíssimo. O desastre já sabemos, des-escreve, o que não quer dizer que, como força discursiva, o desastre seja alheio à escritura. Ao contrário, ele é uma iluminação apagada. Mas por ser fosca, essa iluminação é ela mesma portadora de luz. *Luciferina.* Não em vão se diz que um siderado é alguém possuído por um desejo muito intenso, perturbador do pensamento.

Estrelas são sinais. Deleuze as concebe como aquilo que deslancha um afeto, o que, por sua vez, avança um poder de ser afetado por elas. Mas a fragmentação decorrente dessa escrita errante não mostra tanto a instabilidade (πλανητικά) ou habilidade do sujeito, quanto augura o desassossego, o desconcerto do próprio fazer de uma sensibilidade.

Em suas *Conversas cristãs*, Malebranche dizia que, quando contemplava as estrelas do mundo sensível, do mundo material, o que via, na verdade, eram as estrelas do mundo inteligível. Estrela-d'alva, Estrela Vespertina, Vênus ou Papaceia são maneiras em que uma mesma indicação adquire diversas formas de expressão. Cada um desses nomes, as partes de que *A noite de um iluminado* a rigor se compõe, com precisão e contenção rigorosas, não é apenas um dado sensível ou uma simples qualidade empírica, mas uma unidade ideal objetiva, mero correlato intencional do ato de percepção. Ele não existe fora da sua própria formulação, até mesmo podendo ser entendido como uma cabal proposição perceptiva da imaginação, pouco importa se memoriosa ou mimética: "Os homens do meu tempo não mais reparam ou mapeiam estrelas perdidas do cosmo. Parece que hoje em dia todo mundo só repara em si mesmo ou na vida alheia. Eu reparo muito nas estrelas que estavam penduradas no céu no dia do meu nascimento. Deve ser por isso que nunca me sinto sozinho neste mundo. Acho que algumas estrelas vão transmigrar comigo antes dos primeiros raios de sol. Eu e as estrelas somos filhos da noite".

Jean-Luc Nancy avaliou o desastre como o processo do mundo contemporâneo em que tudo aquilo que chamamos de cultura foi denunciado como o álibi detestável da mais absoluta barbárie. Afinal, se o olho é a estrela da alma, o cosmo é uma abóboda coalhada de olhares, um sufocante manto paranoico se abatendo toda hora sobre nós mesmos (daí o *horóscopo*, a escopia das horas). Trata-se de um espaço-tempo sem presente que, no entanto, toleramos apenas à espera de uma desgraça, que não é mais futura, uma vez que ela já está aqui, confundida com a graça. Nesse sentido, tanto o porvir, quanto o passado, aparecem condenados à indiferença, por carecerem ambos de presente, da possibilidade de virem à presença.

Vazio súbito da morte, na linguagem costumeira, e ao mesmo tempo, nascimento das estrelas, como sinais contingentes das escolhas, definem, segundo Foucault, a distância da poesia. Mas a questão implica um duro diagnóstico acerca da arte. Quando tudo já foi dito, reitera Blanchot, o que resta para dizer é o desastre, a ruína do discurso, um ponto onde a literatura fala e cala para sempre, falência da escritura, rumor que murmura e, afinal, se derrama em fala tácita, mas tagarela (πλάνος, em grego, é a digressão, ou seja, o passo diferencial).

Em *A noite do iluminado*, o limite (a última noite, a última escritura) torna-se liminar e o próprio romance é definido como manual de sobrevivência, mapa de vida póstuma e descontínua. Imaginações do pensamento, memória e sonho mostram, assim, a recíproca pressuposição entre *mythos* e *logos*, fabulação e narrativa. Não me parece que o mito seja arquétipo do homem. Isso implicaria pensar o humano para além do devir e, se alguma coisa deixa claro em *A noite de um iluminado* é que "o resto é real". Nessa fórmula, colhemos a pungente definição de um discurso que não se limita às fronteiras do imaginário ou do simbólico já dados, mas que busca perfurar o sem sentido em busca daquilo que nunca acaba de se dizer por completo, o branco afã de nossa vela.

---

[1] Estrela Delta Sagittarii, Estrela Cadente, Estrela Binária, Estrela Circumpolar, Estrela Companheira, Estrela Mothallah, Estrela Tabit, Estrela-azul, Estrela X, Estrela Dupla, Estrela Fugaz, Estrela Deneb, Estrela Propus, Estrela Vega, Estrela Canopus, Estrela 51 Pegasi, Estrela Variável, Estrela Múltipla, Estrela Nuclear, Estrela Polar, Estrela Vespertina, Estrela Antares, Estrela Pólux, Estrela de Luyten, Estrela Delta Ophiuchi, Estrela Aldebaran, Estrela Sirius, Estrela Polaris Australis, Estrela Zavijava, Estrela Gamma Virginis, Estrela Scholz, Estrela Rígel, Estrela T-Tauri, Estrela Omega Centauri, Estrela Ankaa, Estrela Alpha Columbae, Estrela Iota Piscium, Estrela Atlas, Estrela Alpha Pavonis, Estrela Theta Persei, Estrela Arcturus, Estrela Iota Persei, Estrela Chow, Estrela Mimosa, Estrela Narcissus, Estrela Capella, Estrela Maia, Estrela Sol, Estrela Syrma, Estrela Electra, Estrela Lesath, Estrela Gomeisa, Estrela Nihal, Estrela Alpha Centauri, Estrela EZ Aquarii, Estrela Sargas, Estrela Alpha Serpentis, Estrela Almaaz, Estrela Okul, Estrela Delta Ursae Minoris, Estrela Alpha Persei, Estrela Mu, Estrela Shaula, Estrela Gamma Librae, Estrela La Superba, Estrela Tabby, Estrela Beta Lyrae, Estrela Alpha Leporis, Estrela Epsilon Carinae, Estrela Eta Leonis, Estrela Gamma Velorum, Constelação Capricornus.

SOBRE A OBRA **DO AUTOR**

Previsões de um cego é o fluxo de uma consciência que se depara com a inexorabilidade do tempo e o encontro com a finitude.| **Folha de São Paulo**

Previsões de um cego é um belo livro. | **O Globo**

Previsões de um cego narra com absoluta originalidade, diferencial por excelência de Pedro Maciel, - a ficção de um homem confinado num hospital psiquiátrico onde acredita escrever *O livro dos esquecimentos*, ainda que desconheça sua identidade, a alteridade, a noção de tempo passado e futuro, e, o pior, consciente apenas de estar irremediavelmente perdendo a memória. *Previsões de um cego* é um romance sobre a responsabilidade de existir. Livro que faz ver muito além do óbvio e pensar mais vertical que o realismo do dia seguinte de ontem. | **Estado de Minas**

Previsões de um cego tem a ênfase no fraseado poético, burilado, extenso no alcance de referências e intenso, mergulho em profundidade, não apenas na experiência que o narrador traz à tona, mas também naquele "fluxo de consciência" a lembrar as altas literaturas que desde os escritos de James Joyce e Franz Kafka, entre outros mestres do 1900, tem desfiado em metalinguagem o modelo tradicional da ficção em prosa. Na fronteira entre a lembrança e o esquecimento, Pedro Maciel surpreende. | **Hoje em dia**

Li como um sonâmbulo as *Previsões de um cego*, inteligente monólogo de um louco sobre o tempo e em especial o esquecimento e a tentativa de livrar-se do passado. As repetições, como mantra, dão vida à sombra que pontua o relato. Acho corajosa a postura de um livro que se sustenta apenas com reflexões, sem enredo e quase com um único personagem (eventualmente na companhia de sua sombra e do doente ao lado). Afinal, a reflexão é o que há de insubstituível e específico no texto literário. | **João Almino de Souza Filho**

Desta viagem ao redor do Tempo, entre lembranças e a busca do esquecimento, tudo já está (bem) dito pelos que avaliaram este e os outros livros de Pedro Maciel. Resta-me fazer coro com todas as opiniões, especialmente à de Silviano Santiago que, numa tacada de mestre (do mestre que ele sempre foi), ressalta a atitude e altitude poética-visionária de sua prosa inspirada e utópica. Enquanto lia *Previsões de um cego*, me lembrava dos poemas em prosa de Baudelaire e dos *Cantos de Maldoror*. Uma viagem no tempo das minhas próprias leituras. Agora vou correr atrás de *Como deixei de ser Deus*. | **Antônio Torres**

Previsões de um cego me pegou até o fim. E a experiência quase louca do desprendimento do narrador se tornou quase familiar, próxima. | **Contardo Calligaris**

O escritor brasileiro Pedro Maciel possui uma virtude rara entre os novos escritores de língua portuguesa: a originalidade. | **José Eduardo Agualusa**

Retornar com os pássaros é muito bonito, inteligente e instigante. | **Ferreira Gullar**

Retornar com os pássaros – o mais recente romance de Pedro Maciel – vai muito além duma ambição humana cautelosa: a de satisfazer a curiosidade do leitor a respeito do homem que cada um é e do envergonhado planeta em que nós sobrevivemos. A ambição da prosa inovadora de Maciel afirma-se fora do ritmo e do compasso disto a que classificamos nas salas de aula e nos manuais como Literatura brasileira ou ocidental. Diria, pois, que o leitor está diante de atitude e de altitude poético-visionária inédita em termos tupiniquins. A prosa inspirada e utópica do autor vai levar o leitor a deslocamentos súbitos e sucessivos do *eu* por esferas celestes nunca dantes navegadas. | **Silviano Santiago**

O terceiro romance de Pedro Maciel é antes um convite a deparar-se com o novo, sob pena de demolir os pilares dos gêneros. | **Cult**

Pedro Maciel se utiliza da exatidão e da precisão das palavras para descrever os sentimentos em *Retornar com os pássaros*. O autor aborda sentimentos marginalizados na atualidade. Para tanto, proporciona novos significados às palavras. A cada capítulo, a linguagem é reinventada. | **Folha de São Paulo**

Pedro Maciel chega ao terceiro romance, *Retornar com os pássaros*, superando-se ainda mais, o que o coloca como um dos escritores mais originais de sua geração. | **Estado de Minas**

Retornar com os pássaros percorre um voo, é uma espécie de alegoria do voo, no sentido físico e metafórico a um só tempo. Prova disso são as ideias que são retomadas de um capítulo para o outro, em geral nos títulos, fazendo o pensamento saltar para o capítulo anterior para então prosseguir e, assim ou por isso, o leitor realiza uma leitura sempre circular. Pode-se dizer também que essa organização toma emprestada a construção musical, com o retorno do tema, mas de um modo desconstruído, como na música contemporânea. Este terceiro livro de Pedro Maciel confirma a realização de uma nova forma de narrar na língua portuguesa, que se encaixa perfeitamente no tempo exíguo que temos no presente, digital e instantâneo, em que o trabalho solicita todas as horas. *Retornar com os pássaros* foi antecedido por *A hora dos náufragos* e *Como deixei de ser Deus,* ambos elogiados pelos principais críticos em jornais impressos que ainda tratam de crítica literária e literatura comparada no Brasil. Seu destino parece ser o de virar best-long-seller.

O estilo de Pedro Maciel atrai o leitor como um ímã. É impossível parar de ler e, ao final, permanece aquela saudade e tristeza porque a história acabou. O mais intrigante, porém, é que não existe um desenho tradicional na história, pois o personagem-narrador tem uma origem misteriosa e um percurso enigmático. Vê o mundo de fora e trata o sonho como realidade ou vice-versa. A ação é joyciana, acontece na mente do protagonista. Já o tempo é woolfiano, pois nunca passa e nunca para de passar. Mas sua prosódia é singular, única. Impressiona a proximidade com a filosofia e a astronomia. Não há como não pensar na *Poética,* de Aristóteles, quando o sábio grego descreve o conteúdo dos gêneros e discorre sobre a construção do pensamento. As presenças de Nietzsche e Cioran se revelam aqui e ali no tom profético de certas afirmações sobre a humana sina de viver. Um eco de Dostoiévski e Beckett confirmam-se em considerações sobre o nada e a existência. A psicanálise fenomenológica de Bachelard pode ser lida nas entrelinhas sobre a natureza dos materiais que são objetos do autor-narrador.

Todas as camadas do gênero romance são postas em cheque. O jogo pronominal questiona a função do protagonista no romance. O eu-narrador autodestitui-se logo no início - **Eu nem sempre quer dizer eu mesmo** e conduz a reflexão do leitor, que se depara com insights e/ou revelações poéticas. Além disso, confunde-se com um ele misterioso e inclui o leitor na narrativa. O especial de *Retornar com os pássaros*, com sua ambiguidade e ironia constitutivas, é pensar o estar no mundo dentro e fora do que se compreende como humanidade, num jogo inteligente entre a física e a metafísica. A literatura de Pedro Maciel tem desdobramentos múltiplos e surpreendentes. Diferentemente de outros contemporâneos, a obra de Maciel é aberta e não se encerra em si mesma. | **Folha de São Paulo**

Como deixei de ser Deus é uma das obras mais importantes da literatura brasileira de 2009. O melhor do livro é a forma que o autor adota para construir a "narrativa". Em vez dos procedimentos comuns da prosa, ele conta a derrocada dessa estranha deidade protagonista por meio de aforismos, frases curtas que impressionam pelo caráter assertivo e, ao mesmo tempo, pela fragilidade do sujeito que as redige. Um sujeito que se desloca a tal ponto de o leitor jamais conseguir capturá-lo. É como se Deus ou um genérico se esgueirassem de qualquer possibilidade de apreensão, ou definição exata, ocultando-se em um fragmento encarnado em volume. Pedro Maciel se porta como um cético apavorado pela exatidão. De tão descrente, passa a sugerir que acredita. Seus aforismos – e de outros autores citados, mas não mencionados - assumem a condição de poemas precários ou capítulos curtos e falhos. Nisso, *Como deixei de ser Deus* não tem nenhum similar na literatura de que eu tenho notícia. | **Época**

Como deixei de ser Deus é uma cosmologia irônica. Pedro Maciel salva do desastre do tempo esboços de cenas e personagens que deveriam compor um grande romance cosmológico. | **Folha de São Paulo**

Romance é obra cult que se presta a múltiplas interpretações. Cada capítulo de *Como deixei de ser Deus* pode ser considerado um fragmento na linha machado-oswaldiana de reinvenção do romance. | **Estado de São Paulo**

Como deixei de ser Deus é um fabulário da descrença. Romance de formação na melhor tradução que a expressão possa ter. | **Rascunho**

Vou me esbaldando aos poucos com o seu livro *Como deixei de ser Deu*s. Seus pseudo-aforismos são grandes *shots* filopoéticos aplicados direto na mente do leitor, bem ali onde a linguagem constrói a ficção da consciência. Aliás, muito bons para tirar a consciência dos eixos rotineiros e soltá-la em rotas absolutamente imprevisíveis. Grande presente. | **Reinaldo Moraes**

Como deixei de ser Deus está em minha mesa de cabeceira. É algo fabuloso. É como se ele se auto-iniciasse a cada momento. Fiquei muito comovido com o seu livro. | **Charles Cosac**

Pedro Maciel nos faz acreditar que a literatura brasileira possa ainda apresentar alguma coisa de novo que, curiosamente, remonta à própria arte de escrever: o estilo. Seu primeiro romance, *A hora dos náufragos,* perturba pela força da linguagem. O que há de mais próximo desse livro seriam os famosos *fusées* de Baudelaire". | **O Globo**

Não é fácil sair impune desta história. *A hora dos náufragos* é um daqueles livros que você devolverá à estante, mas ficará martelando na sua cabeça por um bom tempo. | **IstoÉ**

A linguagem de *A hora dos náufragos* é a dos fragmentos, contemporânea como as experiências tecnológicas dos *e-mails,* dos *blogs,* das mensagens instantâneas que invadem computadores e telefones celulares, das frases curtas, dos diálogos entrecortados, dos pensamentos desencontrados, que sobressaltam para além da simples possibilidade racional de lidar com a vida. | **Entrelivros**

A hora dos náufragos é uma ficção densa e instigante. O texto flui como águas quietas na superfície, mas turbulentas no fundo. | **Jornal do Brasil**

CADASTRO
ILUMINURAS

Para receber informações
sobre nossos lançamentos e
promoções, envie e-mail para:

cadastro@iluminuras.com.br

Este livro foi composto em *Garamond* pela *Iluminuras* e terminou de ser impresso em novembro de 2016 nas oficinas da *Paym gráfica*, em São Paulo, SP, em papel off-white 90 gramas.